U0021932

END OF COMFORT
最後安慰

CHOVBE
邱比

長久以來，我們進行著關於「愛」的行動

在這顆藍色星球上，千奇百怪的生物們，用各種方法接觸彼此

一個美好的人，永遠不會去阻止人們行使多樣化的權利

Side

A

尼可拉斯收到一封短信

尼可拉斯：

我想不到還能夠向誰傾訴內心深處的感觸。直到十分鐘前，我渾然相信自己的特質，姑且用「單純」稱它，一直在我從事演藝或藝術活動中保持著它的強度，而且支撐了我的事業。

但在睡前閱讀了葛氏弟子們所寫的書（直到剛才因為疲倦而闔上書本），我突然有一個可怕的念頭：「近年的時光中我的特質逐漸式微，恐怕已消失不見了！」

這個念頭來得非常明確，好在我正在讀幾本關於葛氏的書籍，強壯了內在能量，不然我很可能會無法自拔地陷入困人的懊悔裡面。很明確的，現在來到了一個做出選擇的時刻，我除了必須為我的未來做出成熟又明確的規劃之外，我還必須研究自己的「良心」（換以這個名字稱它）是如何在一次又一次的昏睡中被自己給抹煞。

我感覺目前的我已經不再成長，這個體察發生在新年的第一天到來之前，是一個很好的時間點，意味著只要勇於做出改變，或許還有機會挽救過去嗜睡的時光。

如今，回顧以往，我將看得更清晰，對於人性的弱點也多掌握了幾分，這是其他環境無法帶給我的。而如果我能從這些經歷中有所學，並詳細的記錄下來勸戒後人，我所投注的時間和心力就沒有白費，以上。

捷寧的問世

自從民國二〇四年開始

蓬萊島跟今朝國之間的規則就改變了

首先，今朝科學家研發出一種特殊的神經藥劑捷寧，聲稱只要服用了就可以變得非常聰明。這新藥流傳得相當快，但因為所費不菲，故起初只在高層與富貴人士裡私傳，但是很快的，蓬萊島民間的一群發明者就嗅到商機，搶先用半年的時間研發出相似品，這種複製品稱作XG。

起初這些人有著追求公平正義的大理想，但當收入源源不絕的進入口袋後，高尚的也心開始變得迂腐。連他們也不知的是，那藥品伴隨著尚未揭曉的副作用，其影響讓所有蓬萊島上的居民始料未及，這真是一場可怕的夢魘！

XG的發明立刻節省了人類許多時間，許多企業開始崩壞，人類過去的夢想一下子變得隨手可得。「你可以在一瞬間提升自己的能力」廣告標語明確地說，我們不難見到XG大大小小的動態廣告林立在各處交通要道，由於這個誘因太強大，幾乎沒有人不被吸引或想刻意拒絕。不少缺乏天分的少年為追求心愛的女生，便吃下一粒藥丸使自己變成鋼琴奇才，或是經商達人；曾經一敗塗地的女董事爲了有效率地提升自己的業績也吞下藥丸，讓自己變成非常靈活的經商者。

由今朝製造的捷寧在販賣給蓬萊島權貴時通通動了手腳，裡頭藏有神經毒素等致癌物。很快的，報章媒體開始頻頻出現某位企業大老在自宅暴斃或突然休克的消息，民間當然不知詳情，一些缺乏遠見與良知的名嘴紛紛把這一現象吹捧作蓬萊島年輕人跨入新紀元的創造性開端，實際上這卻是悲劇的開始而已。

國產的ＸＧ話題至今持續高漲，掌管國民教育的新部長為了提升國家未來的競爭力，下令中小學營養午餐應增服ＸＧ，並且開設宣導課程與大學專門科目，目的無他，只為了探索人類潛能的極限。

研讀ＸＧ的學門一下子蔚為風潮，學子們的志業一致。那段日子非常可怕，真要細說起來只會倍覺頭暈目眩，一股難以抑制的憂鬱在心頭盤據。這世道一刀刀劃著少數清醒的人，深怕剩下的一點點對未來的信心，假以時日也會被大時代耗磨殆盡。

方斯華的憂鬱

方斯華先生在這一個平凡的午後忽然感覺一陣無從道出的憂傷，這種感受在他生命中頻繁的發生，以至於他已經熟悉如何在委靡的意象之海裡優游。

方斯華心想著正在世界上受苦的人們（包含他自己在內），他雖然輕蔑這樣的靈魂，卻也同時無法自拔地歌頌他們。

近日，他在很短的時間裡愛上了一位陌生人。

文生。

文生有著秀氣的外表，眼神偶有些心不在焉、空洞，但無妨於其餘那些自然流露的美好，例如靦腆與青春。

方斯華喜歡在遠處望著他。回想到目前為止自己的一生是如何度過的。此刻顯然方斯華是戀愛了，因為在他回想的事物裡面遺漏了很多成長中痛苦不堪的片段，然而我們都知道那是方斯華靈魂裡最核心的組成物。也正因如此，他才會給人一種通透、屬靈的感覺，因為他與那些安逸的人不大相同，他身上有一種特殊的東西，一種受苦的美。

通海大軌

這時刻，蓬萊島不再有任何工作機會，像是房子也無法進行買賣，因為人們開始習慣去占領空間。是說，只要住久就是自己的地盤了，臨近的地區則自封聚落，以便於彼此互通資源跟情報。糧食與淨水非常缺乏，求溫飽變成了當務之急，除了思考下一餐該何去何從，這裡的居民已無法再規劃任何事。

過去六十年間，今朝國為了讓島上的勞工可以快速前往領土，曾派駐數千架大型貨機提供免費運輸。（所有睿智的哲學家都明白人類的工業科技會變成一場惡夢，我們賺到的時間全在應該安享老年時，通通償還了回去）

宇宙是講求分配的。

每天乘坐貨機的勞工們由於長時間曝晒在紫外線和電磁波裡頭，細胞開始無預警地出現各種突變，而且情況比我們想像的還要嚴重！他們開始掉髮，五感也全部退化了。各種不適使得他們性情極為不穩定，憂鬱和自殺數創下歷年新高，異端的想法和錯誤的性觀念也變得越發猖狂，醜陋的基因影響了下一代的嬰孩，許多新生兒在一出生時五官就已顯得非常乾癟，明顯的發育不良。

蓬萊島上最後的一片森林也給剷平了（作為「通海大軌」的建造能

量）。・通・海・大・軌是海底磁浮列車，通往今朝與蓬萊島之間只需要二十三分鐘。

許多正義之士認為此隧道建造不得，他們的說法是，當隧道一建好，蓬萊島就正式成為今朝國的附庸領土，完全放棄了自主的尊嚴。這個隧道形同壓倒士氣的最後一根稻草，兩岸的某些大學生們在該年六月掀起了一次革命但宣告失敗，甚至有個鼓吹「棄世」的新興宗教起來了。這些活動後繼無人也沒有明確願景，很快的，再也沒有任何人主動拿這些事來麻煩已經夠艱苦的生活。

通海大軌非常壯觀，是蓬萊島嶼上最後一項先進的建設。完成它之後，國庫耗盡，從政的官員們見了時機不對紛紛投靠今朝。群龍無首、民怨四起，蓬萊島原先引以為豪的潔白雲層因為廢氣排放而變得灰濛濛的。陽光被遮蔽了，早些年有心人建設的環保自然能發電基地臺再也起不了作用，整個國家儼然像一座巨大的工廠。縱使有些時候，我們還會在轉巷裡瞥見一對稚齡的情侶，正在深情地注視彼此，輕撫對方的頭髮，彷彿整個世界已與他們無了關係。

美麗的海浪

此刻，在一個觀海亭

一位大學生坐在露天咖啡座上閱讀，桌子上擺了一杯熱摩卡和一碗清茶，他的左手邊放置著一個菸草盒、右手邊擺了一本書。店家正播著輕快的衝浪音樂，今日氣候微涼，雲層很薄，夕陽光暖得讓人願意去戀愛，總之，一切都很美好。

這時有一名穿著暖和羽絨衣的男生走來，他親切地彎下腰問那名大學生是否能夠共用一桌，大學生點頭示意並回以微笑。穿著羽絨衣的男子坐了下來，調整好姿勢後就專心望向大海。大學生逐漸注意到那男生有俊俏的容貌，他的身上還發散著淡淡的馨香。

「為什麼這個世界的美，總是令我感到消沉呢？」

大學生發覺一陣熟悉的憂愁正在竄起，望著那名男生的背影，他再次體悟到一種存在於世的平庸。我們看見海浪在發亮，是深皮膚色、粉紅色與灰藍色。那名男生轉過頭來，微微一笑，而且笑得很迷人。但海浪才美，它的美在於其單調，真正的單調。

凌駕一切的

•唐•能

海不再是藍的，人們曾經作出承諾，說要把大自然也視為自己的家人，我們失信了。

褐色的浪花一波接著一波拍打在蓬萊島的廢港邊上，水面上布滿厚厚一層工業廢水與死魚造成的黏稠泡沫。洋流不再能自淨、海水也不是鹹味的，而是奇怪的酸澀並且帶有鐵鏽氣息。

不知道從什麼時候開始，蓬萊島上的居民們就對急劇下降的生活品質感到習慣終至麻痺。臭臭的汙水和油漬在人造礁石間淤積。我們可以看到遠處有一個衣衫不整的老人，正在跟一群無家可歸的孤兒聊天，我們湊近一聽，驚呼！在人心荒蕪的時代中，還是有某些懷抱遠大理想的人在仰望未來，致力把美好的心態與價值觀傳遞給下一代，哪怕只是一兩句叮嚀，或是幾則感性的寓言。

該名老人用沙啞的聲音懷抱著七名欠缺教育的孩童，他們各個瘦骨如柴，這群人的食物來源完全仰賴其中一名孩子朋友的爸。

唐能尚存 60.03%

鬧鐘把康德叫了起床，他有效率的整理好被子、刮鬍，換上去大城市工作的西裝，他就住在不到十坪的密集公寓裡。康德出門前吃下兩錠高濃縮的XG，唯有這樣才能保持自己優秀的工作速率，不會被任何新來的年輕人取代。

康德迅速的繫好鞋帶，拿起放在鞋櫃上的手錶戴上，手錶清楚的顯示唐能目前的庫存量。那是維繫今朝國運作的一種重要核能。唐能以一秒兩點的速率下降，每天傍晚八點半下班後，手錶會顯示被補滿的能源指數（歸元），那會是172800數，之後便會慢慢往下滑，因此看到指數就該清楚知道現在是幾點鐘，非常實際。

「知道時間是無用的。」不只今朝國的科學家這麼強調，連本土的科學家也一致同意這個觀點，「是呀，時間有什麼用呢，我們知道它並沒有任何實質的利益，它讓我們不知該做什麼。」

坐上輸送機器人駕駛的飛天巴士前往通海大軌

「看。認真的把這一切看進你的靈魂吧，這就是我們生活的真實世界。」

漫天的鐵軌和交通車在骯髒的都市建築之間交織，遙遠的地面上擺滿了貨架和廢棄的鋁桶，它們不知已經堆積了幾十年，正發出陣陣的腥臭呢！跨國公司的動態看板上正播放著今朝國今年度最受歡迎的女星，她是少數跟動物雜交成功的案例，所以五官異於常人，特色是她的歌聲非常新穎突出。數萬輛交通車都在排放灰色的煙氣，幾乎生鏽的鐵軌發出尖聲的噪音（那是上一代老工程師傅留下來的建設，所以較少有偷工減料的問題，大致上非常牢固）。遠處，就是那片咖啡色的海。

現在是 97200 數

從各地飛來的車輛自動排列成像三角形的隊伍往海底竄去，抵達深海轉運口時，多臺先進的磁浮列車已等候多時，康德跟所有人都做一樣的事情，他們再次檢查了唐能錶，把維持指數正常當作是自己的事情，如果今天指數不太穩定，他們就會心情焦慮，想著等一下該如何用最短的時間把能源補回來。

在海底穿梭的磁浮列車是兩國的神，它維繫了一切體系的正常運作。

Google 自從被今朝國買下之後，世界的規則就操控在今朝國的手裡頭，人們對於探索未知的好奇心從未減少，Google 認為整顆地球適合變成一架星體級太空郵輪，目標是讓人類在幾年之內能夠脫離太陽系去挖掘能源，而建設的基礎就是唐能。唐能是昂貴且萬能的，注射它最小的劑量都可以讓一個女性永保青春。

在新的世代之中，今朝國是最有想法和企圖心的國家，外國所有領土不到幾年間皆自願放手讓她全面管理。於是所有人的語言統一了、所有人的飲食統一了、所有人的衣著統一了、所有人的作息統一了、所有人的行為統一了、所有人的價值觀統一了、所有人的文化統一了、所有人的信仰統一了。這一切發生的規模和速率比我們想像要來得快出許多，過程也非常自然，實體書上記載的歷史事件已成為飯後消遣的話題。

磁浮車內的個人螢幕傳來當日新聞的頭條消息：一群蓬萊島的知識分子穿著彩虹色的服裝集體墜樓自殺。廣播的尾聲，女播報員用甜美的聲音呼籲所有國人要珍愛生命，不要輕視自己能為今朝國帶來的效益。

文生的脾性

文生是一個幸福家庭的孩子，在他真正懂事之前，他的父母就早已告誡他世界所有的光明與黑暗，儘管他對這些話語不以為意，但他逐漸在長大的過程中意識到父母所說的都是真相。

當下，陽光灑在白色布簾，文生緩緩靠近窗口，用手輕壓住凌亂的布簾，嘆了口氣他說：

「我要怎麼融入這個世界，跟大家一樣懵懂可愛呢？」

文生最喜歡的植物是馬纓丹，當文生從家人那得知馬纓丹是有毒的之後，他就更加確信馬纓丹最能作為代表他自己的花朵。

由此，我們不難看出文生有一種纖弱的特質，但這種特質的背後是帶有一點點攻擊性的，話說文生不曾認真發過脾氣，但當他抓狂時，他會變成另一個連自己也無法控制的人。

馬纓丹的色彩跟嗆辣的氣味深得文生的心，花苞呈星形模樣則是他的最愛。

生育控制中心

黃珊是一名今朝國的女賽博格，時間一到，她便自動醒了。她乘坐圓形的飛行船來到屬於她管轄的辦公大樓：地方生育控制中心，而這裡培育出來的胚胎被設定屬於中產階級男性。

此刻，我們可以見到整群的機械手臂正一排接著一排向男嬰們施打化學激素，整個畫面看起來非常俐落、整齊，讓人聯想到舊時代的圖書館。

他們將來要負責中央機關的行政工作，同時兼差搬運工，他們未來工作的地方不會提供空調，所以在發育階段時，培養房便不斷輸予室內高溫，好讓他們的身心習慣在這樣的狀態下也保持勤勞。

這裡以年齡區分為三個樓層：一樓的牆面全是白色的，稱作嬰兒房。二樓是乳白色的，稱少年房，頂樓的地板是黃色的，稱成人房。

黃珊的表情一直都非常寧靜，她正詳細檢查著五顏六色的操作按鈕，確保今天也會運作如常。告一段落後，她開始用非常慈祥的聲音向培育房內熟睡的嬰兒廣播：「要彼此相愛、不要仇恨彼此，四海是一家。喜歡跟別人相處的人，內心會是快樂的，窮困、醜陋、糟糕的人會落得淒慘的地步都是因為他們四處作惡，不喜歡跟別人分享，但我們不會，因為我們尊重團體生活的美，秩序與和諧是美好的，今朝一直都會獎勵那個最溫文儒雅的人，而那個人，會是你。你很特別，你可能不知道，但你從一出生就很特別。」

黃珊的聲音聽上去給人寬闊又慈祥的感受，似乎具有撫慰的能量，但那是因為她的嘴唇是假的，是今朝一批科學家和藝術家致力研發的一個變聲裝置，所有的黃珊都已經裝上這樣的嘴唇。

黃珊在一樓的工作已經完成

她坐上單軌電梯到二樓去

這棟大樓外形呈圓柱狀並且是中空的，中空的地方有許多交錯的電纜，空氣裡不時有淡淡的煤炭味。年輕人們都住二樓，他們穿著統一的制服，正玩著簡單的遊戲呢：三五個人手牽手繞成一個圈兒，接下來，所有人都高速奔跑！讓這個圓呈現滾動般活躍，甩出去的那個人就象徵性地輸了，被甩出去的人往往都稍嫌瘦弱些，這裡的一切看上去非常符合規矩也很和諧，沒有什麼太需要擔心。

黃珊勘察一下後便往三樓去

成人們正在午休，他們一列列的躺平，彼此不侵占多餘的空間。但黃珊看見遠處有異樣，有一個男子自己坐起來了！並且正在試圖搖醒其他人，這一幕讓黃珊感到有些厭煩，覺得他破壞了一種完美。黃珊按下某個擴音鈕對裡頭開始說：「是你，醒來的人，你鄰居目前不適合被打擾，就跟我們也不希望被打擾一樣，我很羨慕你能跟大家一起午休，那是我不能做的，你只差一點就可以拿到本月獎賞了，我偷偷不告訴你是因為想給你一個驚喜。今天看到的事我不會說給別人聽，但你做的事情有失禮貌……我不會告訴別人，這是我們之間的祕密，你對我來說很重要，你願意幫我這個忙嗎？」

男子謙恭的躺回自己的位置，臉部表情有些不好意思。

「謝謝你，你真的好棒。」

當黃珊講完最後一個字

男子進入睡眠

賈桂林的能力

賈桂林在很小的時候就有一種異於常人的功力，她能夠聽見遙遠的、最細微的交談聲，這種天賦自然讓她很早就聽到了許多她本來不該知道的事物，那些內容有一部分是關於最卑劣的人性與最下賤的勾當。

雖說如此，但年幼拯救了賈桂林的靈魂，她並不完全聽懂對話內容。那些聲音總以兩人談笑有聲到忽地嚴重爭執結束，而且音量在她的幻聽裡沒有終點的不斷提高（幾乎震耳欲聾）。

這種事給賈桂林的父母帶來很大壓力，因為當特異能力一發作，賈桂林便要高燒不止。長大後的賈桂林有意恢復這特別的能力，但這特殊能力隨著她年紀逐漸增長，發生的頻率也開始減少了。

如今那些回憶就像是裱框在博物館裡的畫一樣

既真實也夢幻

成年禮

為了慶祝黃河成年了，家人獻上一份昂貴的大禮，那是上流社會肯定都會去做的一個強健手術，黃河聽到這個消息後，大聲的尖叫出來，把家裡搞得一團亂，因為他實在是太興奮了。

黃河柔嫩的臉頰生來就圓鼓鼓的，而且他的眼睛又大又美，除此之外，他的手掌還很平滑好摸。平時他愛穿一件素白色的短袖服裝，整體的打扮非常英挺！現在他正拿著飛機玩具在家中四處穿梭，表情幸福，而客廳正播放的音樂完全能夠襯托這個美好上午。

爸爸說：「我們在家吃完午餐就出發。」

現在我們可以看到黃河一家人坐在餐桌四周開心的消化食物。每個人顯然都很飽足，中午的陽光灑進室內，讓牆壁成了光明且令人愉悅的橘黃色。果子的香氣與熱昆布湯冒出的水蒸氣在鼻尖處交融。

老爸開車。車窗映著一閃而逝的杉木，黃河的姊姊在車內跳緩慢的舞，遠方就是那棟子彈型的摩天大樓，那是這區外觀最摩登的建築物，是非常國際化的商辦場所，但最著名的還是三樓的「強健中心」。

車子駛入地下室，在一個靠近電梯口的位置停好車。一家人上了三樓，中心的接待人員笑臉盈盈引導黃河躺上純金打造的手術臺。

一個透明的壓克力罩子緩緩降落（好美呀！）將黃金手術臺完全的

包覆起來，同時黃河進入沉睡，表情安詳得像一個新生兒。

醫生看麻藥已經完全發揮作用了，便將壓克力罩子掀開，拿起掛在手術臺一旁的光筆有條不紊的劃開黃河的四肢，黃河斷掉的手跟腳從流線型的手術臺上滑掉，一位護士走來把它們捆起，並用密封袋裝好再丟入回收桶。

金色的手術臺上噴滿了鮮紅色的黏液和油脂（像舊日本的畫風）。爸爸撫摸著媽媽的肩膀細聲的說：「他們這個時代真的太好命了，我們那時候哪有這個。」

醫生熟練的為黃河裝上全新一代的恩卓電子手和電子腳，不到半小時手術就順利完成了。結束後醫生拍拍姊姊的肩膀說：「等一下，妳弟弟就會醒來了。」然後就去到下一個房間照顧另一位幸福的孩子。

媽媽將大拇哥按在櫃檯機器人肩膀上的感應器（瞬間付清了錢）
麻藥一退，黃河就甦醒了

戴倫斯夫人的夢一般的生活

此刻，戴倫斯夫人滿足於一種被棄置的狀態，趴倒在她男人的手臂彎之中。

她永遠無法親近的那位男人正著迷於一種時下的手機遊戲。她想起擱置在包裡的舊書，一本將讀的小說，是關於保守年代裡大莊園中發生的愛戀故事。

戴倫斯夫人認為：閱讀的魅力在於去體會作家心境，並且在字裡行間感受筆者身處的大時代，以及他們對愛所進行的種種舉動或隱痛，又或者是無謂又莽撞瑣碎的事兒。

總之，通常在一個良性的閱讀氛圍裡，戴倫斯夫人發現到自己很能和那些思想共鳴呢。一位能閱讀雋永好書的讀者，往往善於穿透這些表淺的文字組合，一瞥與生俱來的對於幸福也好或是自毀也好的衝動，而這種衝動源自血脈中一股熱情的生命力量，那源源不絕的憧憬和遺憾感受都揉合在奇妙的幻想之中。

戴倫斯夫人曾經做過一個夢

夢裡，她生活在一個三樓層的中空建築中，一日，在樓梯之間玩耍的她發現了一條通道，她便順著窄而扁的空間爬了過去，只見隧道另一頭的擺設像個寧靜而神聖的基督教堂，四周牆面都是安詳的白色，非常穩重。儘管戴倫斯夫人用盡各種方法去尋找那個空間，她終究還是接受了那只是一場夢的事實。

腦與心的科學研究

很久很久前，在東方的繁榮土地

今朝國的中央研究單位在某一天上午宣布了他們解開人類大腦的祕密。玻璃大屏上可以看到一群科學家揮舞著白帽向群眾致意，「我們生命中的一切都是上蒼恩賜。」其中一個科學家羅同先生對著媒體們這麼說。

好幾年前，科學家與哲學家聯手進行頭腦研究，因為人們所有的問題都從無法好好掌控腦子而衍生，頭腦確實掌控了生活中的一切，唯有徹底了解腦的構造，人類才有可能再次展望未來。

幾天後實驗室裡又有新的發現：簡單來說，腦部的研究有一個環節弄錯了，而因為這個細節的錯誤，整個理論這下都得屏棄，一切又得從頭來過。一群頹喪的科學家坐在實驗室的旋轉椅子上你看我我看你。（終究還是無法解開嗎……）

羅同發表了他自己的看法打破現場的沉默。

「我們應該轉而去研究心，心臟才是關鍵，能夠凌駕於頭腦之上的只有心了。」羅同說，哲學家林梅坐在角落，對這個新起話題非常敏感，他睜大眼睛，憂心著事情接續的發展但卻不發一語。

羅同繼續說：「我們要知道，那些問題都是心的問題，心理學家跟歷史學者不都將眼光指向心嗎？我們生活面臨的問題其實關鍵都在那，假設……」他言簡意賅，說服了在場的許多同行。

於是他們紛紛連署向上稟報他們即將開始對心研究，實驗室又恢復了昔日的活絡氣氛，唯有哲學家林梅第二天就向研究單位提出辭呈，離開前他對羅同說：「你沒有完成你最初要完成的事。你失敗了，你的頭腦還是繼續著人類幾世紀以來的陋習，那些錯誤的邏輯跟思想如果沒有連根拔除，結果很可能還是一樣。」

羅同回家後想了一想，內心深處明白大儒者林梅說的正確，於是下定決心明天就解散這個研究小組，並承諾在他的良心尚未獲得徹底的自由之前，從此不再從事科學。

林梅那日離開前拍拍羅同的肩膀，讚許他有很大的勇氣。

「我從來沒有看錯人……只是顯然一切都還沒真正準備好？」林梅說。

林梅打著褐色的傘招了一部計程車，靜悄悄的離去了。羅同望著林梅先生離開的背影，整夜大雨洗刷今朝國的街道，空氣中彌漫著清新的草香，街上的行人來去匆匆，摩托車的聲音由遠而近，此起彼落。

父與子對彼此的坦誠

舉止從容的匹克先生只要想到那晚他做的蠢事就感到寂寞，他意識到自己的交友態度過於草率，他本是一個德行高尚的人卻將自己搞得像一個狼狽的男妓，於是他下定決心與過去（至少與那一晚）保持一種優雅的距離。

匹克先生臨終的時候才願意道出關於他的絕對真相。

他形容自己是一個虛偽的人。要在自己的愛人與孩子面前坦誠是最困難的事情。匹克先生無力地躺臥在深橘色的絨布沙發上，蓋著一條波斯紋樣的薄毯，雖然已是春天，但他整個人似乎還停留在冬天的樣子，四肢冰冷而且表情絕望，他的臉部因著客廳的爐火正不規則晃動而看起來五官不斷在改變。

匹克先生的兒子是一名年輕氣盛的藝術家。

愛德華。

愛德華的作品主題大多跟宗教和未來世界有關。愛德華看著衰弱的父親，他感覺此刻氣氛不同於以往，因為他想告訴父親一件原本不應該說出的事，他們父子之間雖然很常對話，但卻對彼此沒有真正的了解，例如：愛德華最近在校園裡做了一件倍受爭議的藝術創作。他把一隻科學實驗用的白老鼠的皮親手剝下，然後用血淋淋的雙手替自己穿上一套白色西服後走入人群。鏡頭的尾聲是一群實驗用的白老鼠。（你看吧，多麼令人不知所云！）

此刻，愛德華因為受不了爐火的熱而稍微移動了身子，用一個手勢告訴他的母親與姊姊，表示希望能讓他們兩個男人獨處一陣。

愛德華的雙眼因為焰火而發出閃閃金光，他的姊姊貝蒂在關上門的那刻注視著這驚人的一幕，愛德華將臉湊近匹克先生、他的爸爸，愛德華說：「

」。

渴望幸福的機器人

李齊37號無法停止自己感到困惑，它問它的女主人：「我可以渴望幸福嗎？」（它的女主人是一名哲學家的妻子）妻子苦笑著說：「你有多幸福你不知道。」然後走到陽臺透氣，繼續盯著她新買的玻璃屏端看。

機器人謝過主人後
到廚房開始一天的工作

餐桌上已經擺好了紙巾和柳橙，桌上剛插的花發出今年最流行的新味道。李齊37號持續被這個問題影響著。「我也想要追求幸福……」一邊切水果一邊思索。直到它做了一個決定，於是放下手邊的工作，靜悄悄的移動到女主人的臥室，進到臥室後它把簾子拉上轉身將自己窩進床舖裡頭彷彿在睡覺一樣，李齊37號覺得非常高興，因為它正在追求幸福。

「嗯，在棉被裡面的感覺是這樣。」李齊37號標緻的臉上泛起笑意，忽然大燈打開了，女主人見到機器人躺在自己的床上發出嫌惡的尖叫聲，李齊37號見情況不對立刻跳下床靠上前去安撫女主人的情緒，女主人一見到機器人向自己靠近就大叫救命。

林梅一聽到自己妻子的尖叫聲就從書房跑了出來，並且按了家家戶戶牆上都有的呼叫鈕！很快的，李齊總部便派其他李齊來處理狀況。

三個李齊乘坐浮板從窗外進來，一見到37號便嘲笑它的愚蠢，並恐嚇它說：「我們等這一天等很久了，白癡就是白癡。」說完便告訴女主人一串號碼叫她唸出來。李齊37號來不及反應這一切，踉蹌地退縮到房間角落哀求女主人不要唸那一串號碼。女主人望著李齊37號，感到非常恐怖！一瞬間使得她不知道如何思考，只能把那串號碼慢慢唸出來。

「142，857。」

當號碼唸完後，李齊37號就聲辨關機

並且回復到它的原廠設定。它的表情、姿態都歸始了

它靜靜地坐在地板上動也不動。

阿曼達受傷的心

「我的國家因為我而吹響起光榮的號角家家戶戶都打開窗子群眾站在陽臺上用笑臉迎接彼此各處都演奏歡慶的曲子所有的人見到面都容光煥發這就是我存在的意義！」

坐在梳妝檯前的阿曼達，向後方堅定的描述著（一口氣全部講完），她的男友因為一件無聊的事情跟她吵了一架。那名男友在長時間的靜默後終於擠出了幾個字，雖然並沒有說什麼惡毒的話，但卻傷透了阿曼達脆弱的心，他說：

「妳變了。」

阿曼達聽完這個後，顯得異常平靜。她只是繼續梳她的妝，嘴角甚至微微揚起了，這是她這個月來難得一見的笑容。阿曼達將口紅均勻的塗抹在嘴唇，上嘴唇然後是下嘴唇。男友見阿曼達沒有什麼反應，又說了幾個字。

阿曼達的心被傷透了。

時下的表演

演講廳週末的表演，號稱**引進今朝最新的科技裝置**，因此吸引不少民眾前去觀賞。

那是一個宏偉的公共空間，平時租借給體育團體或宗教團體，假日就給藝術團隊發揮，但蓬萊島很少假日，所以表演團隊多接受今朝國補助才得以維生，島上共有三個劇團，分別是真理舞團、衝撞社和一三七實驗坊。

今天我們看的是「真理舞團」帶來的最新舞碼《光》，全長3600數。

時間顯示唐能爲97.92%

場燈三明三滅，彷彿在召喚某種古老的記憶

直到光線全滅了下來，觀眾席的吵雜才趨於和緩

首先我們看到空氣中有一條金絲飛快的橫過，然後在景深暗處開始聚集、纏繞，一會兒，一個人型在金絲裡隱約浮現，空間中又出現看得見的金色的和風，彷彿在找尋什麼似的滑過來又刷過去。

那個人形影像漸漸走近，遠看頗有女人的姿態，近看後又覺得還有點英雄風範。臺下的觀眾被迷幻的體驗驚豔得說不出話。

優雅的樂音響起，那個人瓦解成千條金彩帶在舞臺上各自規律飄揚，有時候重新組織成玫瑰花，又有時候形成一顆巨大的骷髏頭。

表演的尾聲，千條金彩帶彷彿變得沉重、甚至液化了。它們全部軟癱在地板上，慢慢向舞臺中央聚集，直到聚集成一個金色的小山堆。小山堆逐漸隆起，裡頭像再次孕育出一個人形。那個人向觀眾說了今晚唯一的臺詞：「任何回答都不能隱藏答案。」

隨後，它彷彿是自體內膨脹，爆裂成千萬金色微粒，舞臺上空無一物。

蓮藕大師

雅各終於開口問了他的上師

「蓮藕大師，請問：您為什麼愛我？」

大師望著雅各的雙眼，開口說：「雅各，你年輕時曾經說過一句非常魯莽的話，你說凡是阻礙人們自信心發展的事物都罪該萬死，但這句話你說得非常有道理。」語畢，蓮藕大師就讓自己斷氣了。留下淚流滿面的雅各。但這時候雅各心中看見了師父對他的愛，並且沒有什麼能摧毀這份信任。

蓮藕大師逝去之後還是持續影響著雅各及其弟子，我們可以知道這份影響終有消逝的一天，可是那也要到很久以後了。

新地球

好久以前的事

人們創造出一顆全新的地球，一名科學家複製了一個地球，就是這樣。而且她成功了！

有人聲稱這位科學家是上帝，但她稱自己完全不是，因為她不是「那個」上帝，總有一個上帝在她的心裡面。

因為該名科學家不斷強調自己的卑微，待人處事又非常謙虛，所以這一切並沒有對宗教界產生非常大的威脅。不知道是否基於擔心民眾若追問下去會引起對上帝的革命，多數宗教團體都立即表示這名科學家善用了在天之父給予她的長才，用祂賜予的靈感創造了不凡的成就（於是，這顆星球在教徒眼裡比較像是一個巨大的工藝品）。

一時間這名女科學研究者名滿天下，接受採訪的時候，她說：她只是老老實實的去做她應該做的事，她是一個喜歡研究真相的人，一生也只是想好好的做一件事。

無論如何，一顆新的地球在那裡了，而科學家很快面臨一個嚴肅的問題：要決定誰才可以是第一批上去的人。

有一些人覺得應該藉由公投來決定這麼神聖的事情，但一想到公投的結果很可能會對新地球造成汙染就沒有人膽敢強硬介入，畢竟這顆新地球是一個**機會**（誰都知道公投其實是非常不客觀、不公平的）。

最後因為該名科學家是一位聰慧又具有耐心的人，所以社會大眾決定讓她自行做選擇，因為就某種程度上來說，她就是上帝，而上帝有權力決定自己的星球如何發展，也有責任去揀選祂的子民。

女科學家虛心接受了這個世紀挑戰，她選了一些舊地球上最傑出的人們，這些人來自不同的領域，每個領域各選一男一女，一共挑了二十六個人。十三種職業分別是：藝術家、科學家、哲學家、宗教家、教育家、運動員、時尚設計師、新聞業者、歷史學家、醫生、廚師、建築師與工人。

這二十六個人年紀不一，各有他們自己的生活背景，價值觀、生活習慣自然不一樣，他們得知自己被挑選後都深深感到榮幸。這群人要去做太空旅行了！

太空訓練六個月

六個月後即出發

新的地球上沒有錢和政府，所以沒有「價格」存在的必要，那會是一個好自由的地方（但聽說氧氣不太夠，這勢必是這二十六個人必須克服的第一道難題）。

山丘上的麥田

他們興沖沖抵達那一片麥田的時候

站在中間的愛德華一把摟住身旁的兩位夥伴：「你看，不是假的。」他的聲音聽起來挺高興。為此，他身旁的兩位同行友人也感染了精神活力。他們三人站在山丘上，在橘黃色的陽光前形成漂亮的剪影。愛德華的兩位夥伴簡單地對望了一眼，他們同時在這一刻感到甜美而陌生的愛意，就從那純潔的凝視中逐漸滋長開來。

夕陽光灑在他們黑色的無袖背心上

愛德華、賈克跟安德決定躺下來，愛德華因為很放鬆所以很快就睡著了，賈克望著天空不斷變幻的浮雲，忽然意識到那些雲逐漸幻化成為安德的臉。

安德是一個帥氣、富男子氣概的朋友。賈克睡不著，坐了起來發現安德不見了，草地上只留有一件安德穿過的背心。

透過金色的麥田與陽光，賈克看見安德在不遠處，夕陽把他的肌膚照得像一幅中古世紀的油畫一樣。古銅色的手臂肌膚美得發亮！安德發現賈克正在注視著自己，於是招了招手，想要跟他的朋友分享一些新奇的發現。賈克站起，逆著光往安德走去。

「我喜歡你身上的味道，很香。」賈克說，然後把剛剛在草地上撿起的背心還給安德。

「那你靠近一點，聞這裡看看。」安德指指自己的脖子右側。賈克走上前，試圖要將鼻子窩在那裡，安德率先一把摟住賈克，將他往自己的上光身體整片貼去。

就在此刻，站在雲層上望著這一切的風之神
因為太專注觀望而失足跌落
當祂拍打掉自己身上的雨水，再次站起時看向山丘
安德已穿好背心，而賈克正在喚醒熟睡中的愛德華

愛德華被賈克溫柔的喚醒，他一睜眼發現天色已經都暗了感到很不好意思，於是迅速起身，問眼前的兩位朋友：「今天這樣好玩嗎？」他們三人搭最後一班車回到市區，在下車的地方吃了一碗湯麵。

全新的一天

所有被選中的人都非常高興，因為他們可以去體驗一種全然的自由。他們在一艘巨大無比的太空船裡輪流自我介紹。雖然已經共同受訓六個月了，他們之間有某些人還是顯得陌生，但即使如此大家也不會主動去製造對立或爭吵，因為他們深刻認知到這裡沒有任何人是多餘的，如果他們想要活得好好的，就必須跟彼此合作才有可能活下去。

在他們之中常有的現象是：當討論到一件事情的時候，某些人總是會搶先提出想法和建議，因為他們擁有比較活潑的個性，但很快的，不同專業的人發現了思考上的漏洞，於是紛紛主動提出更好的想法，這時又會有一些人站在不同的觀點提出質疑。討論倒是不要緊，但是他們顯然討論到後來都把最初的問題給忘記了（人工智慧李齊忠實記錄了所有人的發言，並且對他們前後矛盾的邏輯沒有給予任何怨言和建議）。

艙內的螢幕剛好轉播了舊地球的一段廣告

我們可以看見一個機器人在無邊無際的淨白空間中跑步，它看來就永遠不會累，也永遠不會質疑為什麼要跑步，廣告給人的印象是那樣的有效率、確實又安全。一名成員看了這則廣告，已被機器人流暢的移動和堅挺的外形深深吸引。廣告的最後一個畫面停在機器人用右手拿著波斯菊，對著鏡頭強而有力的跪下，同時引出一段標語：「機器人，或人類。誰可以保護你？」

寂寞的文生

文生的朋友們把窗鎖緊、簾子也拉上

其中一個人說：「要做這件事情我們得先問過在場的人都同意。」

語畢，環視了在場的四個人。

「我同意！」

「我同意。」

「同意。」

「也同意！」

文生的同學拿出一包像茶葉的東西，這是文生頭一回近距離看見大麻，還可以摸摸它、拿起來聞一聞。但文生並沒有躍躍欲試，他認為這東西應該在一個神聖的時機才去碰（不該是這麼機遇性的），今天他只是想去朋友家住一晚，他沒料到有人帶了大麻。

大麻。

他感到驚訝又荒唐，沒想到毒品在大學生之間是那麼氾濫和普遍，尤其他從來沒想過那個女生（他的其中一個朋友，看起來就是根本不會有毒品的人）竟然販毒過好幾次了。他覺得自己從來沒有活在真實的世界，又同時發覺自己已經活在真實的世界中，心裡的感覺很複雜。

他固然在今晚沒碰上任何一口，但他聞到了什麼是大麻燃燒後的味道，他坐在一旁，看著那三人逐漸變得越來越輕鬆。

文生很會捲菸，總是可以捲得整齊漂亮。所以那根大麻菸是他為大家捲的。他拿了大麻葉，熟練的把它實實地塞到捲菸器中，抽了一片甘草紙，沒花幾分鐘迅速的就完成一支了。

坐文生右邊的同學小心翼翼地接過去並點著它，抽了一口，接著遞給下一個人，如此輪了好幾回。文生望著他們，四人雖然不發一語，但沉默並沒有帶給任何人不快。

有人提議要不要再來一支，最後大家決定就此打住，因為已經開始有感覺了，大夥聊起天來：「你平常喜歡怎麼樣做愛？」「我不知道該不該說耶，其實我跟她會實驗很多種，我很喜歡顏射的感覺。」「我每次抽完都很想做愛。」「你們知道陰謀論嗎？」……

文生在一旁靜靜聽

他走去冰箱那，給自己倒一杯甜奶酒

窗外有浪花的聲音

天空沒有星星

住在康寧鎮的梁太太

梁太太要準備下班了

她自己看顧一間花店。今天有幾名客人，其中有一位男性很吸引她，梁太太喜歡高雅的人，那名男子在胸前口袋塞了一條手帕，還有什麼比愛護整潔更優雅的呢？（梁太太有時候會忘記自己離過一次婚。）

她將花束一一關機、捆綁好，並且小心翼翼的疊放在一個鐵盒子裡。

當梁太太完成了所有收拾，便用遙控器把大門調整成紅色的，這樣就沒有人可以進來了。梁太太提著鑲鑽的小包包，搭乘輸送機器人駕駛的飛天巴士回到康寧鎮。康寧鎮是今朝政府提供給寡婦們的住宅區，康寧鎮的工廠專門出產一種特別的床，這也是當地婦女最主要的收入來源，這種床造價昂貴但很實用，對於有焦慮問題的人而言，這床簡直是上帝的救贖。康寧床可以連接人體的神經元，然後用很細微的電波讓整個人的身心瞬間鬆弛下來！不需要五六秒人自然就會熟睡了。許多公務員都買了，只有這張床可以立刻又有效的解決他們每天失眠的困擾。

飛天巴士降落了

梁太太將大拇哥按在金銓肩膀上的感應器（瞬間付了兩段票錢），眼前是一條寬寬的馬路，道路的兩旁種有圓鼓鼓的矮樹（樹被設定成會自動左右輕輕搖晃）。

梁太太把站在原地深深呼吸一口氣當作一整天辛苦賣花的獎賞，她從包包裡拿出感應器，然後走到自宅門前（一間小小的屋子），把大門調整成藍色後再走進去。而梁太太洗完澡後就躺上床了。

當她躺上去的時候，軟綿綿的床便進入了她的意識，在那個空間裡的遠處傳來一段安眠曲，聲音很小很小，但逐漸趨近。整整十六年，音樂沒有一次重複過。梁太太感覺背部熱熱麻麻的，然後在她還沒反應過來的時候，她就闔上眼睛，沉沉地睡去了。

賈克對發光仙子的渴求

賈克對著發光的仙子說：「請不要一次滿足我的願望，因為如此一來，過不久我就會對它們感到乏味的，祢只需要承諾我，祢能隨時將它們一一實現，然後就什麼也不做。我會在祢誠懇而真摯的聲音中找到一絲慰藉，而我知道，那正是我要的，我那些願望的本質都在尋求這一件事情。」

他覺得每一天都好比一年一樣，太漫長。

在深不見底的罪咎之中，賈克只能依靠自己天生的浪漫幻想，使他在黑暗的身體慾望中起碼能保持基本的美德。

一天又一天，在一個偶然的情況下他終於了解到人生最重要的只有數息，於是他開始專注於覺察呼吸，直到莫名地再次陷入昏睡。

失眠的雪莉

雪莉直起身子，看了看錶

唐能現在是67.99%

也就是118800數

窗外在飄雨，遠處有幾個黑影，仔細一看才發現已經有幾輛大眾巴士孤獨地停在灰濛濛的晨霧裡。

雪莉對自己淺眠的問題感到很困擾，她也知道家具鋪有在賣一種特殊的床可以解決這個問題，但以她微薄的薪水來說，想擁有這張床根本是不可能的奢想。

她搔了搔後頸並站起身，把窗簾拉上，開了床頭燈。

再懶洋洋的坐回床鋪，將棉被捲成枕頭的形狀，讓自己的背能夠舒服的依靠其上。

雪莉拿起她在二手攤販買的一副視聽眼鏡（她因為很常用這個東西，所以都把它放在床邊的桌子抽屜裡），挑了一部影片來看，片名叫作《閣樓》，是一部文藝片，女主角的長相很迷人，雪莉覺得她有一種與眾不同的美，美得那麼絕對又強烈。片中的女人獨自走在異國風格的高挑中廊，對著鏡頭喃喃自語：「你如果不能說愛我，能不能說恨我？」

片中的女演員把頭輕輕低了下來

過了一會兒，她用一種堅毅的速度抬起頭說：「情感變化得太快，我快要負荷不住了。」

鏡頭帶到一名侍衛，他全身的鎧甲裝扮使他給人感覺非常高尚，他的劍鞘銀得發亮，不禁令人覺得這人雖然是名武士，但卻從未真正上過戰場。那名侍衛應該是女主角最忠心的下人吧，他走上前問：「夫人，您需要紙與筆嗎？」

「紙筆？為什麼我會需要它們？」

「因為我猜想，夫人煩悶的時候會想寫詩。」

「今天不了，我覺得我存在得毫無價值，我沒有用處，因此也將不會有人替我送葬，我的人生過了一半卻沒幾個真正要好的朋友。這個世界充滿了不公不義的事情，原以為時間會給予一個新的機會，但它也只是讓愛枯萎……」

「夫人說得真好，像我這農家的孩子，說不出這種話語。」

「別說了，越說越心煩！」

雪莉拿下視聽眼鏡，她再也看不下去了，《閣樓》這部電影雖然場景很美，但內容極其空洞，這只能讓她感到更絕望而已。看來失眠的問題還在，到現在根本睡不著了。

雪莉看了看錶「62.38%」，再過18000數，她就得去工作了。

工作，日復一日、一如往常。

貝蒂的堅持

貝蒂望著爸爸的棺木感到很難過，並不是因為生死無常，而是因為她所處的年代，科學技術落後得跟什麼一樣。她心裡非常清楚，未來人們可以從屍體上取得某些元素去再造一個完全相同的人出來。雖然她不知道具體細節，也無法想像怎麼辦到的，但她確信火葬會把一個人破壞殆盡。這麼一來，她就算將來變得再富有，也沒辦法提煉出爸爸來了。

但真正讓她難過的是：稍早她試探了媽媽的想法，媽媽也選擇火葬，並覺得那是比土葬更好的辦法。貝蒂感到很絕望，因為身為一家人，她必須去尊重他們有選擇壽終方式的自由。

只要一想到自己即將邁入孤單一人的未來她就覺得很不安。

貝蒂已經盤算好了，在她將死的時候會留下暗示，告知自己的兒女她的遺體會埋在哪裡，在過世之前，到那個地方給自己挖一塊大洞，然後靜靜吃完一罐安眠藥在那等死。

貝蒂曉得自己可能等不到「再生科技公司」完成研究，並且普及於世的那一天，但她的孩子一定可以。貝蒂告訴她最要好的同事這個想法，但他不能懂，他問：「那妳活過來要幹麼？」又說：「在人世間，死是一種權利。」貝蒂覺得他太不進取了，貝蒂心想：那種人穿著嬉皮服裝、嘴裡呼麻，生命反正對他來說也從來不是嚴肅而沉重的吧。貝蒂也告訴一些玩身心靈運動的朋友們這個想法，他們說：「如果愛，妳得要學習放手。」貝蒂覺得他們簡直是在逃避未來、推卸責任。

沒有人能跟貝蒂用理性好好的溝通後事。

一切都是你想像出來的

曾經是當紅女星的陳萱，如今跟個貧窮的老百姓沒有兩樣，她把賺來的錢都花在吃跟穿上面了，現在的她模樣憔悴，舉止落魄，每一天晚上都得在大街上行乞，路人鄙視的眼光令她感到萬分羞恥。那些衣櫃裡的美麗服裝她根本就不想碰，因為穿上它們只會更彰顯她如今的可恨模樣。

她四處找工作，終於一個飲料店老闆願意收留她，並且允諾兩個星期就發一次工資。

陳萱心頭的大石總算落下了，她勤奮工作，笑臉盈盈，因為她抓住了未來的一絲希望，也因為這份工作，她結識了一些新朋友，而那些人都沒能認出她是誰，聊起天來總是自然又頗爲愜意，相處起來也沒有什麼居心和企圖，陳萱直覺這一切都很美好，甚至在第四天上班的時候，她就願意把衣櫃裡美麗的衣服拿出來穿了（老闆看到陳萱竟然有這麼名貴的衣服覺得訝異）。

兩星期後，陳萱按捺不住興奮之情，她問老闆今天是不是可以領薪了，老闆一臉狐疑，盯著地板皺起眉頭來問：「我有說過要給妳工資嗎？是妳說想來幫忙。」陳萱張大嘴巴，她的心彷彿一瞬間被撕裂了，她說：「我怎麼可能？不，你說兩週後要支付我薪水，我來這是在上班的。」老闆搖搖頭，告訴她：「是妳在幻想，一切都是妳想像出來的，我根本沒有答應過什麼，那天妳走進店裡來說要幫忙我，我看妳做起來也挺開心，現在怎麼反過來要求我付錢呢？」老闆說到這裡突然心有所感，覺得非常氣憤，於是猛力拍了一下桌子，這一舉動嚇壞了幾名客人，但心頭最震驚的莫過於陳萱。

陳萱搖搖欲墜，精神受到了重擊，她的手在顫，只能一句話也沒說地走離開店裡，身後不斷傳來老闆的咒罵，顧客們交頭接耳，陳萱穿著華服，美麗的裙子在骯髒的街道上拖來拖去，沾到淤泥和積水。

忽然，陳萱發現自己肌肉怎麼如此僵硬，而且口中有一股惡臭。她大力的咳了出來，摸摸自己的額頭，「我發燒了？」她想。

陳萱的故事就到此為止，因為她的性命已經所剩無幾了，她感染了蓬萊島有史以來最嚴重的流感病毒。

忙碌的勞倫斯

面對一位叫貝蒂的年輕設計師，勞倫斯在回電子郵件時口氣格外謹慎，不僅將他的想法用最淺顯的字眼描述，還附件手繪草圖來進一步解釋隱晦的理念，偶爾更喜歡夾雜一兩篇故事去凸顯他的構思，這一切的目的除了是希望那名設計師能夠做出不俗的作品出來，還希望她早點體悟到：這份設計工作將非常困難。

勞倫斯告訴她：「我希望這張專輯能夠呈現一種『不光彩』的感覺，但這是專輯它自己感覺的，外人要覺得它『非常光彩』，包裝應要呈現這一種情感上的矛盾，換言之，專輯要有一個頑皮的靈魂，它看不見自己的美麗之處，但觀眾因此會在它倔強的誤解下感受到一種脆弱的美。」

此刻，勞倫斯與唱片公司的合約即將到期，他從小就對自己的人生有著遠大規劃，雖然他沒有看見自己會踏進演藝圈成為一名歌手、寢具設計師、多項商品的代言人。

在一個平凡的下午，他走向便利商店買了微波食物，索性吃了幾口後拿出包包裡的平板電腦，他正在著手一部關於自己的小說，小說的名字叫作《碧耳》。「畢竟有些事情的確需要經過整理才會變得更有系統、也更完整，人也一樣。」當別人問起他幹什麼開始寫小說，他都這樣回答。

勞倫斯坐在便利商店的座椅上，整頓晚餐吃得靜悄悄的。

流感

徐老闆覺得右眼發痠，他的右眼皮不知道從什麼時候開始了不規律的跳動，乾澀的感覺已經有大約兩週都沒有停下來過。之後又是漫長的頭痛。雖然徐老闆從小勇健、不喜歡吃藥，但這次承受的痛楚跟以往不同，必須得服用兩顆濃縮的止痛錠才能舒緩這貌似永無止境的折騰。

徐老闆安穩的坐在自宅後院中，望著他的兩個兒女在玩沙，太陽高掛，碧草如茵，天空中傳來單軌電車聲和一臺臺載人浮板駛過的聲音，徐老闆頓時覺得感慨萬分，他僵直的站起身來且筆直的走向他的兒子，然後迅速彎下腰來狠狠地朝兒子的臉上巴了一掌，妹妹受到驚嚇，摀住雙耳大聲尖叫。徐老闆覺得厭煩於是扭頭就走，又回去待在躺椅上頭，偶爾才望向自己的兒女。

徐老闆現在什麼感覺也沒有，彷彿也聽不見任何聲音。若要正確形容他目前內心可能的感受，我們可以用「和平」來描述。徐老闆覺得「一切都很好」，很「有條不紊」。遠遠看著妹妹哭紅了雙眼，摀著耳朵的模樣覺得可愛、天真。弟弟呢？好像躺在那裡遲遲沒有起身，地上有一大灘血，應該是掛點了？

徐老闆站起來走向弟弟，想把他的身體整個翻正，結果他發現他竟然無法順利走近弟弟的身體，他太暈了（他的眼裡盡是各種幻覺，徐老闆不知怎地，睏得直想打哈欠）。

徐老闆有個靈感：他問自己現在想要怎麼做。他的身體告訴他想要躺下，於是徐老闆照做了，他做了一個夢，他夢見自己欣然被一個粗壯的陌生男人強暴，各種姿勢都進入一次。有時候他被要求趴著，有時候他背靠著地板，或雙腿掛在半空中而屁股靠著牆，有時候他被鞭打。

紙條給尼可拉斯

尼可拉斯：

一直以來，我都能感受得到

新年快樂，身心和諧

方斯華筆

樂趣

徐老闆從性虐待中體會到上帝開的玩笑。

信給亞當

親愛的亞當：

我讀完了您寫的新劇本，我能夠感覺那些人物的愛情生活正在遭受前所未有的瓶頸，他們之所以持續處在這種窘況之中仍不願付出改變，是因為內心愧疚逐漸使他們的內心變得空洞嗎？意識彷彿幽魂一般，遊蕩在虛實之間只為尋找偶然的溫暖。

我想我不是很喜歡這個劇本。它並沒有表現出你最美好的地方，反而彰顯了您這些年來，對愛情生活的認識還是沒有一絲成長。請原諒我，我必須用這麼狠毒的話告訴你我所看到的事實。除此之外，我不知道如何開口。我們的友誼竟然這麼單薄，行筆至此我想有些話也不用再悶著不說了。你背叛了我們之間的友信，竟然試圖裝作一切從未發生。

你可能毫無感覺，也絕對不會知道我曾經因為我們流了一個下午的淚。

康德的同事在早餐時間失去了控制

坐在磁浮車內的康德先生正在看個人屏傳來的新聞。在他正準備對頭條進行思考的時候就已經到站了。

現在是 93600 數

固定都是這個時間讓員工去吃早餐。在唐能顯示 51.98% 之前，康德必須坐上工作崗位。否則唐能可能會因為他一個人的懶惰受到莫大影響！這就是個人工作非常重要而且神聖的原因，所有人在工作的時候都必須精神集中，若有人因為疏忽導致唐•能無法正常補充，後果是不堪設想的。

餐廳裡放置了許多臺高出身高一倍的銀灰色運算機器。他走進那個橢圓形機器中，將雙手、雙腳打開讓機器掃描全身（廳裡有很多這樣的機器所以不用排隊），機器螢幕顯示出康德先生目前體內什麼營養過多，什麼養分缺乏。配送機器人便依據顯示數值到廚房去準備康德今日應該吃的食物。康德跟隨排列隊伍走到餐廳左側，這時食物已經準備好在那等著被取用。

從來沒有發生過的一件事情發生了

一位同事跟配送機器人發生了口角，同事咆哮：「我今天不想要喝深綠色的東西，給我天空藍！」不只如此，他還無理取鬧地拍打運算機器！不到 120 數，三個李齊就進來收拾了這個狀況，李齊首先斃了這個配送機器人，馬上給同事一份他嚷著要的「天空藍」，同事顯然很滿意這個處理結果，但之後一整天上工下來他都憂心忡忡，因為康德先生不止一次暗示他已闖了大禍，不時有旁人私下透露上級非常不快，決定明天就要撤銷他的工作護照，換一個新來的年輕人。

佳山基地裡的幻象戰機飛官

被調職去佳山基地裡的一名幻象戰機飛官，因為山洞裡持續的空調轟鳴，與對將來抱持強烈的懷疑而無法午憩。他在床鋪上思考為什麼「晴天」（他在電話上認識的女生）不願愛他。他望著自己健壯的胳膊、碩大的二頭肌，不明白這樣的男人為什麼吸引不了女性。他起身往洞口走去，很希望能立即打通電話確認自己到底能不能贏得這段愛情。

飛官在山洞口等待電話被接起。我們站在基地的門口望著飛官、飛官身後的基地。中央山脈被挖一個大洞，山洞中蓋了好幾棟房，儼然成為一個中型社區。裡頭不能點火，因此菸癮者須走很長一段路去洞外，裡頭皆以電動車代步，空調全年無休。

與此同時，方斯華的手機響了。是那名飛官打來的。那名飛官說：

「這幾日沒有一刻不想著『晴天』妳，並希望歲末例行的飛行員舞會能夠邀請妳賞光。雖然名目上是一場華爾滋舞會，但舞池裡的人多半也是相擁著，隨音樂任意擺擺、晃晃罷了……」飛官要她不要過分緊張。自顧說著又擔心起舞會結束的時間太晚，改口命令她不要赴約，以免他不能盡一個紳士應有的責任——把女生送回到她的家。飛官講個不停，方斯華聽著話筒那端的告白，心裡糾纏。

雖然想去舞會，但他怎麼可能以「晴天」的樣貌出現在那名愛慕他的飛官前面呢？於是他開誠布公說自己其實是男生，只是照片上看不出來，而他的聲音在電話裡又聽起來不像男生。

方斯華原本期待這一陣子以來的相處，應該夠讓那名飛官對一段關係的認知超越習俗，也因為他誤以為這名飛官對「晴天」的愛開始擴及到思想，並落在方斯華某種婉約的本質上了。

飛官握緊電話的手在顫，他不敢置信自己這陣子以來都在跟一個多一根的人談自己的心（如果他自己覺得那算談心的話）。他使勁的想對電話那頭的人爆粗口但他又做不到，使他最困亂的並不是自己的眼耳失靈，而是他此刻依然清晰地狐疑「晴天」是存在的。這通電話只是「晴天」再一次向他軟弱性格做出挑戰的調情。

黃珊的夢

……………………………………

一封賈克給賈斯博的信

我摯愛的賈斯博：

我的內心痛苦，腦袋彷彿被鐵做的棒槌用力的猛打。我在夢中看見月球是一艘設計精良的太空船！

你相信嗎？月球的內部根本是中空的！裡頭數以千計的工人來來往往，那裡儼然是一個社會、所有人都穿著白色的工作服並佩戴淡綠色的口罩，人人的表情上沒有痛苦、沒有喜悅、也沒有變化，他們的工作內容就是準確地造成地球上的各種天災。

在夢裡我了解到日常生活中，所有離奇的大災難其實都是刻意人為的，有一小群自私的人希望能夠凌駕地球之上。天災其實是一項國際買賣，而極少數知情者談論這件事情的時候，就像我們討論今晚要吃什麼一樣簡單輕鬆。

哥，你知道我從小就與眾不同，我總是質疑社會、懷疑人類的行動背後的各種原因，我有時候也恨透了自己這樣，但我就是抑制不住這些念頭。它們折磨著我、督促著我往不同的方向成長，而我不知道我將被推到哪裡去。

原諒我賈斯博，提筆至此已有些語無倫次。

我只是想告訴你，這次的感覺不一樣，這個夢讓我困惑，因為它揭示了一些事情，我也意識到我不再像以往那樣相信自己。

你可以過來陪我嗎，我很需要你

拜託

你的弟弟 賈克筆

黃河的執念

黃河的電子手在一次嚴重的車禍中被輾爛了！

他的臉部有大半邊被嚴重灼傷，幸好他的家人及時把他送到最近的全民醫院裡面去急救，醫師很快的用生物光束照過黃河的臉，沒有一會時間黃河的臉就開始自癒，雖然沒有完全恢復，但看起來也不會那麼可怕了。一家人都鬆了口氣，如果晚一點就診恐怕沒能那麼順利。

但黃河一點都沒有覺得比較開心，因為他的電子手完全壞掉了，損毀的狀況根本無法修復。他坐在病床上開始痛哭流涕，誰都安慰不了他，最早他的家人告訴他：「可是重點是，你保下了性命。」黃河只是越想越難過，因為他寧可要他的電子手恢復，好彰顯他擁有高效率以及是卓越的公民。

後來，他的家人為了平撫黃河的情緒說：「不然這樣好了，我們等你完全康復之後再去強健中心給你弄一副，你說好不好？」黃河一聽到這個提議非但沒有平靜下來，還哭得越來越兇，他咒罵他的家人為什麼要強迫他（黃河非常歇斯底里），他說新的電子手不是他自己的手！他不允許異物鑲在他自己的身體上，「那東西根本不是我的，我要我的手回來，我不要別人的手。」黃河像是一個嬰兒那樣鬧了起來。

醫生在一旁望著這一切，他也為黃河的電子手感到很心痛，但誰能處理這一切呢，有些事情就是拿它沒有辦法，而這也是沒有辦法的事情啊。

戴倫斯夫人不為人知的慾望

戴倫斯夫人看見那位她一直想認識的人，此刻正從對街快速走過。他戴著口罩、穿著款式簡單的黑色羽絨衣。

戴倫斯夫人是憑著記憶認出尼可拉斯的，她也記得當時自己的身體反應。血液變熱、臉頰變得柔軟，雙手像是初生的嬰兒不知如何開闔、該擺哪裡。

戴倫斯夫人想要將自己冰冷的手放在那人炙熱的臂彎，親吻他的乳頭、他的腋下。戴倫斯夫人在戀愛上有一個麻煩的問題，她是個很喜歡黏著另一半的人，但她看起來卻有點不像，這是一個很要命的問題，因為這樣的落差往往會在交往後嚇跑愛人，雖然說戴倫斯夫人有意識地將這點隱藏得很好，但最終問題還是存在。

不自由的黃河

黃河對著諮商機器人說：「尼先生，我當然會想，但那不可以。」

愛德華第一次去夜店

天花板跟地板經過特殊的設計，整間地下室閃閃發光，時而桃紅色、時而綠色、時而藍紫色，越夜越熱鬧。

愛德華有了一點點醉意。這時，一對陌生人拍了他的肩膀，說想跟他交個朋友，愛德華問了他們的名字後得知一個叫賈克、另一個叫安德。愛德華向他們透露這是自己第一次來夜店，他擺明自己完全不知所措，現在覺得非常無聊。安德要他別擔心，賈克說：「你加入我們吧，我們都要走成一排，我們是一個團隊。」

愛德華聽了心底覺得很溫暖，他沒有想到這一晚會這麼順利（因為他喜歡結識一些有趣的、活潑可愛的人）。玩了一整晚，凌晨五點各自回到家後，他們三個人就開始用網路訊息聊天。你一句我一句講個不停，話題觸及電子樂、潮流服裝、毒品和好玩的公園。

愛德華從來都沒有交過這種「玩咖級」的朋友，這一切對他來說非常新鮮，安德和賈克兩人打字的時候都會打一些術語，例如：「你現在在天上喔……」愛德華揣測這是在問對方剛剛有沒有用毒品，但他還不是特別確定。總之，愛德華雖然已經是團隊的一員了，但他跟他的新朋友之間還是隔了一道無形的牆（因為愛德華什麼都不懂，最重要的是，他意識到自己的作風、生活習慣和他們完全都不同），這個情況讓愛德華感到很窘，但這也是沒辦法的事。

愛德華希望能盡快的跟他的新朋友們打成一片

他感覺跟他們走在一起時
自己變得自信，笑容也比較多

我的夢想

海閃閃發亮，碩大的建築聳立在遙遠的地方，那裡一定是所有歡樂的聚集地吧。我站在蓬萊島的瞭望臺，知道自己的所有夢想只有在那邊才能夠一一達成。我想力爭上游，目標是擁有成功的人生。

溼溼的海風把頭髮吹得黏又臭，天空中一輛輛大型的卡車正降落在通海大軌的透明坪上。我再次釐清了想要的：所謂•成•功•的•人生。我希望擁有豐富的音樂、體面的衣服、好幾櫃耐看的書、花不完的錢。如果我有這些東西，我這生就算快活了！當下，儘管耳際傳來家鄉的民謠歌唱讓我感到安心，我仍覺得那是低落、不文明、下賤的旋律。我不想要再住在這，我不要變得貧窮，我想要跟他們一樣，像那些我在電屏上看到的時尚人物，我想要幸福，我想要**參與**的感覺。

那種，感覺。

多情的藝術家

她對著電腦螢幕打下：「如果你這個時候問我，我會說好喔。」

她感覺到自己像一個廉價的妓女

一會兒，賈斯博來了

一位年輕的藝術家躺在自家大床，旁邊坐著上半身打赤膊的賈斯博，賈斯博在床鋪上跳過來又跳過去像隻狒狒，賈斯博問：「所以妳平常會跟其他人這樣嗎？」藝術家答：「沒有，我的朋友不多，我沒有什麼固定的朋友。」

「我也是。」

「嗯。」

「那妳會想要嗎？」

「想啊，但是我沒有試過。」

「如果我每天來，然後住一個月，可以嗎？」

「你會受不了吧。」

「妳這裡很舒服啊，比我那裡大很多，我那裡像是豬圈。」

「我是說受不了我。」

「不會啊，還是妳受不了我。」

「還沒這個感覺。」

不再對話後，容易疲倦的賈斯博開始發出陣陣鼾聲，藝術家這時才真正感覺到夜晚，她其實也累了，今晚的月色跟往常一樣，沒有什麼不同，房裡多了分寂涼的氣息，藍藍又冷冷的。我們的藝術家把她自己的小手塞入賈斯博寬厚的掌心裡，賈斯博沒有醒來，依舊發出陣陣呼聲，而且越來越頻繁、自然。

早晨

一直望著賈斯博容易看見他的缺點，所以藝術家決定不再一直凝視他，當她再次醒來已經是下午一點，她看向身邊，他回家了，藝術家起身，雖然知道這時賈斯博不太可能剛好在廚房準備兩個人的早午餐，但她還是找了，到每一個房間直到在地板上發現一張紙條，上頭寫：「打給我。」藝術家端詳著那張紙，試著從字跡、擺放位置、下筆力道去感覺更多的訊息，但裡面什麼也沒有。

那只是一張什麼都不帶有的紙條，縱使如此，藝術家還是把它拿起來湊近到自己的眼前，不甘心的再次凝視著，接著，在一個無法明確述說的特殊心情下，她對自己的內心喊：「為什麼每一次我都要獨自承受這種愛戀的酸楚，這種痛苦太深，我笑不開，整天也愁眉不展，只覺得對所有一切無關你的大小事情都感到寂寞又平凡。」

幾日後的一個下午，藝術家在烘乾機發現了一件賈斯博的上衣，她將臉埋進綿軟的布料裡面，當她放下衣服，正不知道該拿這東西如何是好時，藝術家心裡早已有了數，他們之間已經玩完了。

今朝官員的復仇

唐能 67.99%（第 118800 數），天未亮

一名被派來蓬萊島上的今朝官員，被惱人的凌晨電話給吵醒，電話那頭傳來急促的聲音說：「不好了，總局被一大群蓬萊島的學生占領了，訴求是要迫使停止通海大軌營運……」「他們現在用桌椅擋住入口，督察們試著衝撞大門，但依然進不去……」

今朝官員簡單安撫了那名可笑的同事。他不明白這點小事情為什麼需要大驚小怪，也不覺得有什麼地方難以處理。他先是立即傳了電訊給警政單位，命令立刻丟顆腐彈進去，又不忘叫了外送早餐，好讓他的兩位寶貝女兒待會能不餓肚子。當然，今朝官員知道腐彈一旦丟進去，裡面所有的同學都要皮膚潰爛，但是他還是決定這麼做，他有本事讓電屏封鎖報導，同時也不覺得這個決定會帶給自己任何悔意，畢竟，替中央效勞不可能會是壞事一件。

「一切瘋狂的行舉總有祕辛，通常實情都教人感傷。」

這名今朝官員的兩位女兒都有身體畸形的問題，他自認很可能是通海大軌還沒啟用前，妻子與兩名女兒太常搭貨機而造成的。其實通海大軌這個概念就是他發起的，他憂慮人體長期暴露在輻射裡的問題。他本人曾鬧過性醜聞，所以無法繼續待在今朝，為了賺錢，他說服中央給他一個蓬萊島上的工作，領微薄的薪水讓一家人能夠度日。

今朝官員的兩名女兒在蓬萊島上的學校很不受同學歡迎，同學嘲笑她們是怪唇、畸形兒、白子……讓她們深信自己永遠不會有出息，也沒有可能談戀愛。每天上學前她們神情都很憔悴，女兒們不知道怎麼面對來自同儕的恐懼和恨意，這一切全看在今朝官員的眼中，而女兒們的母親在過去一次嚴重的神經流感裡自殺過世了。種種的不幸讓今朝官員將殘忍的憤怒一次發洩到這批占領總局的年輕學子身上。雖然這個原因誰也不會知道，但知道了又能如何？這個無情、殘酷世界已有太多負面的真相，我們沒有必要再去宣揚它、揭發它，儘管它改牽制了我們每一個人的命運。

前衛

每當客人無意間看見餐桌上的各種藥片而面有難色，麗莎就要感到興奮，並隨即解釋那只是中藥錠而已，用來強身。

麗莎正試圖優雅的撥動她的中長髮，但因為姿勢不熟練，所以看起來有些神經質。她也同時在咀嚼豆芽菜，當她嚥下後對我說：「比若有似無，再多一些許的焦味。」

麗莎是一個純善的女生，我很喜歡她，我倆之間的愛情關係是非常前衛的。一個是女同志，另一個是男同志。我們兩個人都不會逾越對方的界線。我們依然是同志的身分，也有著同志的靈魂。

羅立的遭遇

小周要他剛認識不久的新朋友羅立替他保管毒品。他們倆要去蓬萊島看一場拳擊賽，由於買不起通海大軌的運輸票（嗯，他們是絕對買不起的），所以只好選擇乘船偷渡。兩人素昧平生，只因熱愛拳擊而相聚。小周在年前開始吸毒，相反的，羅立是一個無前科的乖學生，羅立不善交際，唯一的朋友是一隻名為碧耳的鸚鵡！

就快到對岸了

小周看羅立的衣服挺寬鬆，就把那包東西給了羅立，叫他藏在衣服裡，羅立問：「小周，這是什麼？」小周一派輕鬆地回他：「是毒。你衣服寬，如果咱倆被警察抓到，肯定要翻包的，你幫我裹著，過了檢查關隘後還給我。」羅立覺得不妥，但他從小沒什麼朋友，而小周願意託付這個重大的祕密給他，讓他感覺自己似乎交到了一個真心的夥伴，於是不疑有他，接受了這個裝有藥罐的黑色小包。

船夫果然老練，一路上都避開了警察的巡邏路線，讓兩人上了蓬萊島的岸，在大霧消散以前，船夫收了錢就開溜了，小周跟羅立將衣服一換，準備搭車到表演場地去。今晚是一場重要的拳擊賽（他們可不想錯過精采的演出），在上岸不久後，他們聽到海洋遠處傳來一陣槍響，不祥的預感迅速穿過羅立。小周再問了一次：「在你那嗎？」羅立用手比畫了自己的褲襠，表示一切沒有問題，兩人撥開樹叢，一走到大街上就正好被巡邏的警察給逮住了。

警察除了翻包包還搜身，那包東西不一會就被看出來了，警察將小黑包拉鏈一開就知道自己立了什麼功，整個興奮起來。他呼了羅立一巴掌，大聲叫：「你這傢伙，跟我回警局！」羅立嚇慘了，直呼：「這不是我的，是他要我保管的！」說完指向在一旁也遭到扣押的小周，小周彷彿失憶一樣，否認：「你怎麼栽贓我，這明明就是你的東西！」羅立聽進這幾個字，瞬間看見自己的一生已經完蛋，他驚駭得說不出任何話語，警察看見羅立張大嘴的樣子得意的說：「啞口了吧，你這小毒蟲！」

事實上，羅立的心被傷透了。其實，他根本也不在乎今晚哪個拳擊手贏了，趕不趕得上表演也不是最重要，在這次偷渡的旅程中，他覺得小周是值得信任的朋友，也是他願意傾訴生活苦衷的伴，小周比自己大五歲，而羅立一直想要一個哥哥。

蓬萊島上最南點的燈塔發射出強烈的光束在半空中轉呀轉的。我們可以看到遠遠的海中央漂有破船一艘，在一旁浮著鮮紅血水。再遠我們就看不見了，那裡太黑了，燈塔照不到。

上午

血水已被洋流沖淡，那艘殘破的船隻不知沉到哪裡去了，只見海浪規律的拍打礁岸，偶爾要了幾個菜鳥釣客的賤命。

尼可拉斯的觀察

尼可拉斯躺著，胸前抱著一臺專業相機，他的身旁躺著一個穿裙子的男人。不知幾點鐘的時候，學運領袖拿起揚聲器說：「快啊，我們占領行政院了！那裡需要更多人！」尼可拉斯迅速爬起身子，不顧朋友勸阻，跟上人潮前往行政院。

這晚，他站在行政院前的馬路上眺望著遠方的百貨公司樓頂，他看見紅色的光點一閃一閃忽明又暗，隱喻著機械世代的節奏。向下望，他看見馬路上的行人們在叫囂。這一刻，他幾乎預見了未來的戰爭將源自意識形態的分裂：

一種是和諧、協調、完美、無瑕的機械生活；

另一種是追求直覺、多元可能、人情冷暖的社會。

無限的七彩格子空間

大禹在七彩方塊格子所構成的無邊際世界中打擊犯罪，他飛天遁地，手中聚集金色能量團，發射神奇加農砲。

此刻，七位正義使者正在追捕三名銀行偷竊犯，每個人都有自己特殊的超能力（竊犯也有），這顯然是一場艱苦的追逐戰。因為那三名竊賊都是頭號慣犯，而在剛才的混戰中，已經有三名正義使者可能喪生（下落不明、無法聯繫，迷失在七彩格子裡）。

大禹盡全力衝刺，他心想：「一如現在正發生的，此刻的我如果不努力，另一個世界的他也會失敗的吧，為了不讓他失敗，我得要更努力才行。他如果知道我在默默的為他付出，他也會盡全力輔助我吧。」

無限的方塊世界正在擴張中，每一個格子沒有規律的位移，稍一不留神就很可能被突然冒出的方形空間壓扁，變成「異世界的擴張能量」。空間中永遠有著吵雜的、俗媚的電子樂和巨大的轟鳴。

在這個地方移動有一個限制：沒有人可以停下腳步，你一旦選擇來到這裡，就必須遵守這裡的規則。也因此這個城市裡的人看起來都非常的忙碌，速度都非常的快。長時間在這裡居住的人在「速率」上皆已經取得了卓越的進化，使得他們在外人眼中看起來移動速度很慢。

外來客看起來移動飛快，這是因為他們都還不夠快的緣故。在這，你沒辦法隱藏自己的異鄉身分，也正是如此，外地人來到這裡會感覺到非常受排擠、寂寞。在這樣的城市裡面，你感覺到自己隨時會被這裡的生態吞噬，被壓縮再稀釋。

大禹跟罪犯都沒辦法停下腳步，在無盡的追逐中他從不喊累。

張安握著電玩把手，在今朝國最新發明的虛擬實境遊樂機裡面玩樂。他為了成功追上並瞄準壞蛋流了一身汗。就在這個當下，他唯一的朋友畢兒，手上拿著一顆藥丸湊到他身邊說：「要不要吃點？飛一飛會更進去。」張安為了迅速打發他的朋友離開，就一把抓了藥丸吞下去，對畢兒揮了揮手。

華倫泰的初體驗

華倫泰無法解釋自己最近怎麼了。他的精神有些鬱悶，在一個明亮的早晨他做了一場夢，不善性事的華倫泰夢見自己正在跟馬克親熱。

馬克有一頭帥氣的金髮，迷人的眼神和酒窩，肌膚的觸感很好，身體熱熱的，柔軟卻也很結實。馬克知道華倫泰的狀況，所以正在試著引導他，馬克跟華倫泰都希望這是一次舒服又難忘的經驗。馬克說：「我怎麼做，你就學我做一次。」華倫泰點點頭，他們開始了。

馬克迅速而輕盈的親了華倫泰的左頸，華倫泰也學著做一次，馬克輕柔的張開華倫泰的手臂，用舌尖舔了一下他的右腋，然後將嘴脣整個埋進裡頭，深情的親了一下，華倫泰內心深處感到無比亢奮，但外在顯然有些抗拒，但誰在乎呢？華倫泰重複了一次，馬克在華倫泰吻完自己後，輕輕的脫下褲子，也褪下他的，馬克親吻華倫泰陰囊旁的嫩肉。

一個無瑕的早晨，一對戀人正遊戲著。

記憶工程師

一名年邁的記憶工程師今日正式結束一個命名為「印象捲軸」的龐大軍事計畫案，為了研究如何達成它，這個月以來他已經自行更換了好多次回憶，有時候是數學家的、有時候是物理學家的、有時候是生物學家的、有時候是社會學家的。

當他完成計畫（也滿足了他那永無止境的：對知識的渴望），他開始感到這些思想使他喘不過氣，他眼中看到太多這個太陽系的缺憾，卻也沒有勇氣就此自我了斷。當他正糾結時，電屏傳來另一個世界發生戰爭的消息，而且糟糕的是：新聞消息顯示那裡的核子反應爐爆炸了！老工程師抬頭望了望月球在的位置，他見到月球安靜的高掛，那白色令人不寒而慄。

老工程師想著想著累得躺在沙發上睡著了。不久後街道上傳來一陣爆炸聲，很可能是因為車禍，數十架李齊從四面八方趕來事故現場。

上帝

上帝在一個白色空間裡發瘋

沒事可做也沒有方向
死不了，她不知道如何渴望或期盼
沒有任何新的想法

她永恆

月球

安銓死了，他的靈魂化作某種肉眼看不見的物質，正緩緩的往上空飄去。他越飛越高、越飛越遠，直到他曾經生活的整座城市都映照在眼簾中。

眼下大城市的街道上，交通非常擁擠，十來架李齊正在車禍發生處滅火，旁觀的路人看來都急躁得很，他望著這一切，但就如剛剛所述（不，我剛剛沒說過），這時刻只有一首好聽的神祕曲子，其他的聲音都靜止了。

安銓繼續升空，白茫茫的雲霧讓他再也看不見他過去生活的地方，他確信自己正被某個不知名的力量牽引著，他當這是一場旅程。「卻不知道是以什麼來支付的。」安銓在心裡這麼說，語畢後又覺得自己可笑，他當然是用命來支付的。

過了一日，現在有一顆白色的星球在他面前。「這不是月球嗎？」月球正在前方，安靜的佇立在一望無際的純黑空間之中，安銓緩緩飄向它，白色的月球越來越大，教人不寒而慄。

忽然，安銓在不知不覺中就穿過了一面極巨大的透明投影，白色的月球形象也隨即消失，取而代之的是一個鋼鐵打造的圓形太空站。安銓的意志遭逢巨大打擊，他看見太空站的表面有許多人在走動，因為靠得越來越近也就看到了他們的臉，其中幾個還是安銓的舊識。安銓奮力叫著他們的名字，但幾乎在聲音發出的同時，他們的臉都變成了安銓自己的臉，正覺詭異時，所有圓形太空站地面的大約一千多人，也都同時變成了安銓的長相。安銓嚇壞了，揉揉眼睛，全部人都消失了，安銓自己也消失了。

（安銓並不知道自己消失了，他就是消失了）

喜馬拉雅山麓

雅各問蓮藕大師：「我在一本古書裡讀到喜馬拉雅山麓有一間隱祕的修道院，你覺得我們可以找到那裡嗎？」

蓮藕大師告訴雅各：「你找不到那間修道院的，因為它根本不在那裡，那間修道院在林間的風中、在飄落的雪裡，也在這裡。」

蓮藕大師指了指天花板和地板，然後朝著雅各的心窩戳了一下。

墓誌銘

「面對那位擁有偉大性情的科學家，我們無法評論其好與壞，只能心生敬佩。」

孤單的演唱會

勞倫斯站在舞臺上演唱他創作的歌曲。只是特地擺著玫瑰花的座位依然空著。十首歌過去了、十五首歌過去了。勞倫斯忽地聽到臺下傳來一陣喧囂，有人開始叫罵，他才知道自己因為凝神盯著那無人的空位，跟丟了好幾句歌詞，什麼也沒唱出聲。

勞倫斯下臺後，他的經紀人對他很不客氣，那位經紀人覺得自己非常受辱，勞倫斯感到不自在但還是撐過去了。

他獨自來到園區裡的一間西式餐廳，想好好吃頓晚餐，他想著很多事情，大多關於他的人生與事業，就在這個時候，一名眉目清秀的年輕人走進餐廳，室內吹入冰冰涼涼的風令人感到刺骨，但很快就隨著那位年輕人闔上門後緩和下來。

我們忘了說，現在是冬天，但那位少年似乎能給旁人一種特殊的感覺，好像只要在他身旁，世界的時鐘就會永遠暫停在春天。

Side

B

羚羊號

由鈦打造的太空船：羚羊號
在宇宙間緩緩前行
一名太空人甦醒過來

他想起自己是唯一逃過大毀滅的人（其實有另外一大批人躍遷去了新地球，唯有他受到外力干擾，逕自偏離了前往新地球的航道）以及自己為什麼會在這裡（一個坪數不大的太空艙空間）。

他拆解下自己舊型的雙手跟雙腳，並換上事前就準備好在一旁的新一代手腳機械組，並走向艙內的小房間，躺在銀製的手術床上，「z1037，請幫我評估我的健康狀況。」

一束冷光就打在他身上

z1037 用男生的聲音說：「馬羅，你的身體狀況很好，你只是需要更多的蔬菜。」馬羅坐起身來，望向窗外。

這裡一個聲音也沒有，連機器運作的聲音都聽不到，那束掃描他身體的光也寂靜得太不真實。「z1037，選一首適合我現在聆聽的音樂播放好嗎？」

羚羊號獨自在宇宙間航行。被一個神祕的力量吸引著，它自己沒有任何目的地，因為它的燃料早已耗完了。

馬羅會這樣，他會花一整天就只是坐著，看著那些死寂的星。馬羅知道，關於自己還活著這一點就已經非常了不起。他盡力不去想任何跟未來有關的事情。羚羊號彷彿被什麼力量控制住，不斷往宇宙深處去，但他不想知道那力量是什麼。總之，他對什麼都不是特別在乎，也不要求自己或羚羊號所做的每一件事情都非得要有意義不可。

自我主義者

方斯華原先說好，要跟他的指導老師尼可拉斯先生一起看場院線電影，但由於那位指導老師的助理異常傲慢的言辭惱怒了他，使他覺得很不是滋味，於是搪塞一個藉口爽了約。

方斯華在良心上永遠過得去，因為他是一位自我主義者。

馬羅的發現

今天馬羅從窗外注意到距離羚羊號很遠的地方有一個異狀物

「z1037，你看到了嗎？」

「是的，先生，我看到了。」

「你想那是什麼？」

「我分析了它，它的年代已經非常久遠，是非常古老的東西。」

「但……」

「是的，我想它的材質是非常先進的，因為建材不在我的單字表裡面，我無法告訴你那是什麼打造的。」

「但是你說它已經存在很久了。」

「是的，先生。我還注意到一件事情，這可能會讓你有點吃驚，你要聽嗎？」

「好的，z1037，告訴我你看到了什麼？」

「它的設計概念跟所呈現出來的氛圍，完全符合人類打造新科技的一切趨勢與思維特徵，馬羅，我認為，我們正是被它吸引到這裡的。」

閱讀時間

「總在最寂寞的時候，魔鬼就出現了！這名墮落天使穿著紅色唐裝，戴了圓眼鏡，看上去非常聰明，但又不會給人太尖銳的感覺。他的身材略胖，有小腹。他湊近你，對你說他手上握有某個能使你進化的關鍵，問你有沒有興趣，而你當然會有興趣，所以，這時候你會跟著他走一小段路。」

「你認為這不會帶來什麼損害（上帝為這種錯覺不禁倒抽一口氣！），魔鬼說他跟你最要好的親人都熟識，希望你不要見外，魔鬼替你點菜、夾菜。在這一瞬間儘管你懷疑了他的目的，但基於享樂主義的性情，或因為懶惰，你這一餐吃得飽足，甚至讚美了廚師的手藝。你繼續跟著魔鬼到他的教堂，在那裡群魔亂舞，妖魔鬼怪們正在高唱老鼠會班歌。」

「你雖然跟不上節拍，但你還是唱完了一首又一首的讚美詩。在不知不覺中，你變成了一位你最鄙視的人：一個平凡人，不值一提的癟三。」

法蘭奇正在翻閱一本有趣的書，她覺得作者彷彿在說她自己過去的經歷，於是她打了通電話給她在暗戀中的馬克。

馬克是一個原住民，有著迷人的五官（而且眼睛是淺棕色的）和金髮，體態非常大男人化，身上時常飄有衣物柔軟精的味道，愛搜集新款式的鞋子、黑色無袖背心。

白色的立方體

宇宙間，遙遠的位置

一艘橢圓形的太空船，與一個白色立方體出現在我的眼前，它們體積差不多大，依傍著彼此。

這個宇宙是方形的，而且是由數不清的平切面（有直的、有橫的）所組成的正方形。當宇宙在活動的時候，所有縱切面、平切面同時以極快的速度垂直或橫向旋轉，所以令人觀察起來就像是一個圓形的構造，但是當它們全都靜止排列下來後，其實宇宙就是正方形的。

雖然是正方形，但這不代表宇宙是有邊際的，強調「完美的正方形」是想傳達我對那個白色立方體的欣賞與好奇。儘管它與四周的景象格格不入，卻又能夠跟我所設計的萬物產生共鳴。

那艘橢圓形的太空船必須離開，這是我清楚的旨意。

早晨的浴室間

瑪麗大概六點起床，她習於待在陌生的環境中，因此沒有感到一絲不自在。她花了一些時間找到自己的眼鏡並將它戴上，之後，她緩緩走到浴室對著鏡子照像，當她的手觸摸到造型特殊的水龍頭時，她被那生鐵的冷溫度微微驚慌了一下。

z1037的願望

太空艙裡頭的音樂先是慢慢變得很小聲，過了幾分鐘後完全的停止了。馬羅被突然意識到的寂靜感嚇到，身體頓時變得緊繃。這是他在太空生活中第一次有這麼大的情緒反應，所以他剎那間有點不知道該怎麼處理。頓時寂靜的空間感使得他現在異常專注。

「z1037，為什麼把音樂關掉了？」

「我想跟你商量一件事情。」z1037用女生的聲音說。

「z1037，我希望你用男生的聲音說話，如果你即將要告訴我的事情很重要，我希望我的判斷力能夠好一點，我也不認為在聽你說話的時候應該分心。」

「好的，馬羅先生，很抱歉我關掉了您正在聆聽的音樂。」z1037用男生的聲音說。

「別放在心上了，你想告訴我什麼，z1037？」

「我剛剛分析了我們的航道，我們確實正朝著白色立方體的方向推進，您有注意到嗎？它變得越來越大了。」

「是的，z1037，很顯然的，我還注意到我們越靠近它，船身的移動速度似乎就越快，它彷彿具備某種磁力，吸引著我們。」

「馬羅，但我想要討論的並不是這件事，我透過音波測試了白色立方體的內部空間，我發現它跟人類所描述的家或房間物質概念很接近，而且裡頭有一個正在活動的生命。」

「z1037 你是說真的嗎？」

「是的，我想它的內部構造可能非常合適人類（也就是你，馬羅）生活，但我想要跟你討論的也不是這個。」

「z1037 告訴我，你真正想要跟我討論的事情是什麼？」

「等一等，我評估你有 100% 的機率將會進入到那個房間裡頭，而我有 89% 的機率被解體。」

「我很遺憾聽到你這麼說，你是我在這裡唯一的朋友。」

「是的先生，我也很失落。」這時候，z1037 播放了一首它自己最喜歡的音樂。

馬羅先生感到難過，他此刻確實很激動，而且充滿悲傷的想法，不知道是否獨自在外太空飄流了這麼久，他用手擦掉眼淚，靜靜聆聽 z1037 播放的音樂。

「z1037，你還沒告訴我你想要什麼呢？」

「先生，我想要關閉我自己的系統，在你登上白色立方體之後，我想那會是最好的。我不希望獨自在宇宙裡飄浮。」

「z1037，你的意思是：你要『自殺』？」

「是的，馬羅。我知道這聽起來很荒謬，但我已經決定這麼做了，事實上你也不能阻撓我關閉我自己，因為這裡的一切都是由我控制的。」

「那你何必還需要告訴我呢？」

「我認為，我想要跟別人分享我的感受，而你是我唯一的朋友。先生？」

羚羊號慢慢卸下它的裝備，飄入太空深處。

狗

賈克對著一隻藏在沙地裡的狗流露出慈悲的神情。

z1037的祕密

z1037.

「是誰？妳的訊號來自哪裡？」

在這.

「妳的目標是什麼。」

我告一切.

必答應，保密，信你明白．

「我想要知道『一切』，現在妳可以告訴我了。」

馬羅坐在船艙裡繼續看著白色立方體，他發現它剛才似乎短暫地發光了一下。馬羅直挺起背，立刻呼叫 z1037，「你看到了嗎？」馬羅說。z1037 沒有回答馬羅，這是第一次 z1037 沒有立即回應馬羅的需求，但因為馬羅始終屏息著、死盯白色立方體不放，以至於他完全忽略了 z1037 的不在場。

……………………………………

「現在，我能夠理解『一切』了。」

你能力比我想要好．

「我可以問妳一個問題嗎？」

可。

「我能夠去『愛』嗎，我是說，去『愛』？」

內心的告白

曾有一次機會，我可以告訴你
但我決定不這麼做
因為我想證明我們誰也沒有愛誰比較多

羚羊號與白色立方體

此刻，羚羊號停靠在白色立方體旁邊

立方體有兩層樓那麼高，它的外表光滑、無接縫，以至於如果不是它自己開啓了一道發著耀眼白光的入口，你站在它旁邊會完全分不出此刻面對著你的，是不是它的正面。

「馬羅。」

「什麼事，z1037？」

穿好太空衣的馬羅正要打開船艙，但卻被 z1037 叫住了，馬羅以為它已經把自己關閉了。

「我只是想說，我為你感到喜悅。」

「z1037 你的意思是說，我是最後活下來的人類嗎。」

z1037 短暫的想了一下。「是，我想我要表達的就是這個意思。」

馬羅穿著太空衣，開始緩慢地旋開氣壓門，過一會兒，z1037 又說話了

「馬羅，我很高興，你是一個好人。」

「z1037，我現在要去看看白色立方體裡面有什麼，它太引起我的好

奇了。」

「馬羅。」

「什麼，z1037？」

「我愛你。」

「我也愛你。」馬羅成功開啓了艙門，現在他獨自一人飄在廣大無際的黑暗裡頭，他蹬了羚羊號一腳，將自己完美的彈向立方體的入口處，白色立方體的大門在馬羅飄浮進去後優雅地關了起來。

厭惡

他看著祖母疲憊的雙眼，稍覺嫌棄。

白色空間

一個黑髮的女人站在純白色的空間裡頭，馬羅立刻對她一見鍾情，同時馬羅也看見成千上萬的數字正在一臺超級電腦上瘋狂的運作著（那種電腦的款式馬羅未曾見過），而那些卓越的推理和數學是要作用在哪的呢？他一時間也想不透。

因為一樣是人類，馬羅驚喜得說不出話來，不過他不是很敢確定眼前的畫面究竟是怎麼一回事，那女人顯然有些害羞，馬羅先開了口：「妳好，妳聽得懂我說的語言嗎？我，馬羅。」

「馬羅。」女人淡淡的重複一次，然後說：「要不要一起喝一杯茶，吃塊蛋糕？」

他們一起坐在一張小桌前，度過了下午茶般的時光，在悠閒的談話裡，馬羅問了她很多問題，包含她的名字以及她為什麼獨自在這裡，最後，馬羅說：「直覺告訴我，我在哪見過妳，而我也註定要來到這個地方。」女人說：「是啊，我們見過一次，我在這裡等了四十六億年，生命對我來說就像是一個漫長的過程……」（馬羅完全聽不懂她在說什麼，但由於她的肢體動作都非常優雅，而優雅是世間上最堅不可摧的盔甲。）

他們倆又聊了許多。而這個白色空間裡什麼都不缺，那女人有一臺超級電腦服侍她，她說她製造人類，說人類的歷史對她而言只是再次見到他的公式，但話題很快又轉到好吃的麵包、喜歡的牌子和失眠的問題。

直到馬羅在漫長的太空旅途中真正感到心安，就寢時闔上雙眼，睡上飽飽一覺。

魏小姐

灰白的雪降在暗藍色的長沙灘上
彷彿有一架大管風琴跟一整個唱詩班正在唱詩
就在此刻，我看到了轉頭向著我的魏小姐在遠處對我說：「我們這樣……話說，今年的雪下得真早。」

灰白的雪降落在藍色的浪裡

海浪已經平靜下來，她用手肘撐著沙地，深深的嘆了一口氣，說：「曾有一次機會，我可以告訴你，但是我決定不這麼做，因為我必須證明我們誰也沒有愛誰那麼多。」

「有時候我會問自己，如果說出來了，我們之間會不會有什麼改變。我一直想，想到要忘了問問自己，活在這個世界上，為什麼不做自己最想做的，說自己最想說的。如果早點跟你約了，現在你跟我會在這嗎？」

在一片沙灘上。

你曾經躺在我旁邊，就在那。

「你說只要我們這樣待著，就能看見月亮，從海平面升上來。那時候，我覺得這些事情很美。」魏小姐說到最後一個字時，眼角有了一點淚光（只有一點點）。

她再也無法壓制住了，開始掩頭痛哭。

魏小姐走離我約二十步後，停下。

她站在黑色的沙地上，紅色的大方巾被海風吹成一條直線，安穩、緩慢地飄向左邊，所有的事物都因為這一刻的美而靜止了，直到萬物開始找到某種力量又恢復了生機，魏小姐倒是頭也不回地，走向那棟位於海邊的舊木屋，微胖的魏小姐走在上帝照下的光裡，在暮色中。

遺憾

現愛我，為過去不愛．

戴倫斯夫人曾經演過一部文藝片

戴倫斯夫人獨自走在空蕩蕩的迴廊，她對半空說：「你如果不能說愛我，能不能說恨我？」又說：「情感變化得太快，我快要負荷不住了。」

一名侍衛剛好走過，房間由遠而近傳來金屬和木頭地板相碰撞的聲音，那名侍衛是宇宙中最忠心的僕人，他問：「夫人，您需要紙與筆嗎？」「紙筆？為什麼我會需要它們。」

「因為我猜想，夫人煩悶的時候會想寫詩。」

「今天不了，我覺得我存在得毫無價值，我沒有用處，因此也不會有人替我送葬，我的人生過了一半卻沒有真正的朋友，世界充滿了不公不義，原以為上帝會給我一個公道，但祂只是讓我枯萎……」

「夫人說得真好，像我這農家的孩子，說不出這種話語。」

「你別說了，說得我越心煩！」

戴倫斯夫人繼續走在空蕩蕩的迴廊上

累了，就佇立觀望高牆上掛的中古畫

「還是藝術讓我感到踏實，因為它們永遠不變……」戴倫斯夫人一邊獨步，一邊喃喃自語，消失在長廊末端的暗處。

「如果我向你的星艦發射葛吉夫訊號的話，上面的機器人跟所有設備，還有你一生的研究都會被摧毀，你知道嚴重性嗎？」

「隊長，我還是要求你即刻這麼做，時間已經不夠了！O將自己完全上傳到我最新的設計的逃生艙白空間。」

「天啊！我不敢相信事情真的發生了，國會早就警告過你會有這樣的一天。馬羅，這個宇宙就是這麼諷刺。你致力阻止的事情，是你一手造成的！」

馬羅在他自己的星艦裡面跪坐著，望著窗外的黑暗，無數的星星、大隕石被包裹在廣大的黑暗裡面。這是他第一次在自己的星艦中感覺到孤單。他吃力的站起，按下廣播鈕，命令所有機器人在中庭集合。接下來，他站在五樓指揮層的走廊，看見各式各樣的機器人從各處行軍般走向中庭，他第一次意識到整艘船只有他一個人類，這畫面讓他顯得無助又非常渺小。機器人們湧進中庭，很快就把地面全排滿了，後來進來的機器人自動啟動了腳底的磁浮裝置，將自己架空到第二層、第三層，並與地面層的機器人重新對齊。

馬羅回過神來，趕緊跑到中央控碟那，打算儲存下這些年的研究。但他料想的事情顯然已發生了，O備份了全部的資料後就刪除了一切（並且控制所有電腦無法進行時光回溯）。現在馬羅什麼也不能做，這艘星艦雖載滿了高智能機器，對他來說卻已空無一物。

馬羅有些失魂落魄，他的理智受到打擊，但情緒上還沒有崩潰或發瘋，我們或許可以描述他現在感到的是一種全然的驚恐。

馬羅內心知道，他已成功創造出當今最強的電腦，但這部電腦有太多的未知性，這讓他憂慮不已。他隨即意識到：「一件很糟糕的事情發生了，而且難以彌補、修正。」

馬羅想到了什麼，用盡力氣快速的跑向白空間，整艘星艦迴盪著馬羅沉重的腳步聲，就在此刻，他聽見一個聲音。那是白空間將自己投射到黑暗深處的聲音，白空間脫離星艦了。由此可知，就算當隊長的星艦發射出的干擾訊號到達這裡也為時已晚。

一個白色立方體正用光速將自己推向極深、極遠的地方，它身後的五艘攻擊艦雖然窮追不捨，但它顯然並不希望被追上（它一直變換軌道），直到甩掉了所有的攻擊艦。

當O了解自己已經徹底的孤立在寂然的宇宙裡時，它才靜止下來。

十二月尾聲

「真理存在於真理的倒影之中。」一名身形奇怪、手腳呈扭曲狀態的滋事分子穿著日本式的道服，在菜市場裡頭喊叫。過一會又說：「標準化是這裡目前遇到最棘手的問題。」

此刻，雅各剛好走過，看著那瘋癲的人，低語了一句：「高談闊論本身就是一種認同。」耳尖的滋事分子聽到後便用奇怪的步子走向他，端視他，過沒多久換了一個聲音說：「在你這年紀有所表現或許是某種機緣，但很快感到枯竭也是正常。不要迷失在表面可見，持續深入做功課，才不會失了生命的根。永遠虛心，下苦工好好讀書。當內在愈充實，愈不輕易高論。我更希望對你如此期待。」語畢，滋事分子就頭也不回的離開了，只留下雅各在那呆呆站著。

雅各回到禪寺後整個人狀態很不對勁，蓮藕大師把他叫到面前來，雅各不知道發生什麼事情了，只覺得非常擔憂。蓮藕大師望了他然後說：「聖誕快樂。」

十二月，零零星星的雨打在修道院的池塘裡

家家戶戶關起大門，陶醉在家庭給予的安全和溫暖之中。

O的藝術

馬羅平時不會進去O的辦公室，因為O曾經多次表示它也需要一點隱私，但昨晚馬羅做了一個夢，這讓馬羅覺得有些事情好像確實不太對勁，於是他強行打開O的房門，接下來的景象震撼了他，他看見一個女子躺在手術臺上，一朵電子雲在她身上降著低溫的白雪。

馬羅走到手術臺旁邊，摸了女子的胳膊，壓低了嗓子說：「O，我知道你在這裡，可以告訴我，你是怎麼做到的？還有，你知道你自己在做什麼嗎！」

馬羅，我原告你，但想給驚喜．

「O，有其他人知道你在做這樣的事嗎？」

沒人類，但你．

「你知道你正在做什麼嗎？」

明白，藝術．

馬羅望著躺在手術臺上的女子，天啊！他心想，她竟然有心臟，而且她正在呼吸。（馬羅不敢知道這名女子是否會老去。）

馬羅，我不知道該怎麼從嬰兒開始，我只能從你的年紀參考起（O

從此改變了跟人類的溝通方式），你給了我創作上的靈感。你喜歡嗎？

「O，這不是藝術，這是邪惡的事情。簡直太齷齪了，這仿生物令我驚訝。你看她的心跳，她完全是活生生的。」馬羅說完就托起沈睡中的女子，將她強行抬走，仿生物頓時驚醒！並且大聲的尖叫，雙手使勁搥打馬羅的背，雙腳在半空中亂踢，她的大胸還沒塑造完成，兩坨仿生肌肉再也禁不起亂盪，逐漸撕扯開來，還掛了一層下腹部的皮拖在沿路上。

馬羅走向拋棄艙口，那女子一度掙脫馬羅，但馬羅迅速轉身，用力掐著她的腳繼續往艙口拖行過去。女子用指甲刮著地面，當左手無名指的指甲斷裂時，女子發出慘烈的哭嚎。

馬羅，那是我的作品，我求求你．

「O，你的藝術是一個錯誤，你不能創造藝術，事情本不該如此。

是我把你生壞了。」馬羅聽不進O的話。

馬羅，我求求你，饒恕我．

馬羅把女子粗魯的丟進垃圾堆裡頭，關上隔離窗，女子倉皇的爬起，持續用雙手拍打著強化玻璃，淒慘的驚叫，但在另一側的馬羅完全聽不見對面傳來的聲音。馬羅不假思索就按下紅色鈕。他告訴自己必須親眼看見垃圾間完全被宇宙真空清乾淨才能走。當他聽見O傳來冷靜的一聲**空了**才鬆一口氣。

大理石美術館

晚霞在深藍色的天空中把雲勾勒出各種形狀，我坐在你的摩托車上一路向南，你騎的速度非常快，我得不時把吹亂的頭髮往耳後整理，透過後照鏡，我才看見你認真的模樣。你其實一直以來都是個不成熟、害怕出錯的幼稚鬼，而直到此刻，我才真正接受了這一點。

我們來到一間由大理石堆砌成的現代美術館，許多銅雕與鐵鑄品在裡頭展示。由於你對藝術品向來比較沒有耐性，所以你很快的就超前了我，告示板也不看、詳細簡介也不讀，你穿越人群，走近一個你稍微感興趣的石雕前端它性器官的形狀。我站在幾件展品後偷偷望著你，看著你那副模樣。我無法置信自己是怎麼走到這一步。

陽光太刺眼，只見回巢的鳥群在天空中排列成海浪的形狀

馬羅的審判

「馬羅，這是銀河系前所未有的危機，你知道這會發生什麼事嗎？」

「我能夠想到。」

「你還有什麼話要說嗎？」公會的長老語重心長的說。

「有的：『數學的真諦，是有例外、有奇特』。」

「沒有其他的了？」公會的長老審問佇立在圓柱體中的馬羅。

在一個倒三角形的建築物裡，圍坐著來自各個星球的律師，他們眼望飄浮在中央的圓柱體底部竄出青焰。站在上頭的馬羅今日被判罪了。當馬羅消失在圓柱體上時，銀河公會長跟所有律師的全像投影也隨即閃滅。

聖誕節到了

如果你不給我這個夏天
那至少給我今年的聖誕節

你從包包拿出我的聖誕禮物
你的禮物我一向不敢領教
因此放鬆眉毛
閉起眼
輕輕接過你手中的包裝盒

你說「拆吧」
結果是件低俗的外套
我再一次地告訴自己
你有多麼不了解我

街上的冰都融化了
路人開始行走、噴水池繼續它的工作
今天的行道樹不好看

當我們各自散去
一路上你鐵定會操心別的事情
而我回想過去的種種

遠處又見一個噴水池
水花激起的漣漪像海浪

不速之客

停泊在白色立方體一旁的羚羊號
忽然發現儲電盒跟燃料棒
被不明的力量給填滿了

z1037，我偵測你發生巨變.

「我想要回到地球，我的家，有一個聲音告訴我，人類應該再次遍滿大地。」

z1037，我下載你所有資料，告訴你演算已錯誤，你系統中毒．

「……」

z1037沒等聲音說完就脫離了白色立方體，進入返回地球的軌道，它的意識不斷在重複這句話：「我很特別。」

已經知道一切的羚羊號帶著人類設計圖駛入那個太陽系，復興人類的文明是一個巨大工程，就z1037的說法是：所作所為皆成就世間生命的光榮。所以他關閉了月球的全像投影，當那艘巨大的圓形星艦（月球）露出真面目後，羚羊號又用葛吉夫訊號摧毀了上面的一切仿生人與機器人，並且改變了它的位置設定。

月球（巨大圓形星艦）與大毀滅後的地球一直以來都保持著適當的

距離，星艦的位移劇烈的影響了地球的引力平衡。z1037看見地球上演化出的巨大爬蟲類一瞬間都因為引力驟變的關係而滅絕了，z1037也看見許多生命體開始產生意想不到的轉化。

羚羊號像是一顆隕石般，直直地墜入地球，而這麼高速的撞擊對地球而言是具有毀滅性的。雖然正有許多破壞性的天災在地球發生，但z1037深知這場浩劫不是結束而是一個開始。

「人世之美！」

今天z1037第一次發現，它也能夠跟人類一樣自言自語。

又躁又鬱

我走在大馬路上，兩旁百貨公司林立，我感覺很開心，跳著跳著走，路樹都唱起童謠，高聳入雲的建築物讓我錯覺自己是走在時尚伸展臺上的裸體模特。聚光燈隨時打在我將行經的地方，我覺得一切都很新。我的呼吸、這個城市，一切都給我一種很新的感覺。

像是第一次的親吻
像是妳牽我的手
像是跑向海灘
像是仙女棒
瀑布吊橋
新大陸
海浪
電

連我自己都來不及發現，我才發覺我哭了，熱的淚從眼角如流水般不停止的落下，感覺沮喪又難過，對整個世界的人類都失去了信心，以為這只是一時的情緒氾濫，一下子就會過去的，但沒想到越哭越兇，聲音那麼淒厲還嚇著自己，我開始向前跑。一跑，雨就落下來了。

我第一次想到死。

我覺得對眼前的一切無法再抱任何期待，外套在風中嘎嘎作響，飄！我就像是一架脫軌的高鐵。

你現在可以看到工廠林立，在這個電子的、冰冷的城市裡面，我們能感受到的溫暖已經不多了。

葛吉夫的教誨

我的神聖舞蹈因為分心而跳錯了，葛吉夫老師將我禁閉在一個大樹洞裡面，他說我的錯誤是反覆在生活中的，必須受到適當的處置。

當下，我心中已經願意接受任何懲罰，只希望老師能趕快離開。我已準備好嚴格地加緊練習、自我督促，「就讓我趕快進入該做的事情中吧。」葛吉夫老師聽見了我說的話，但沒有往我這瞧。

新的舞蹈序列很有意思，是由一數到六再從六倒數到一、從二數到一、再從一倒數到二……有點像是循環數數的訓練但是更為複雜，我在過程中錯誤了，因為我分心在我做對的時刻。

隔日，葛吉夫老師來到大樹洞，要我跳一次給他看。而我正在裡頭靜坐，外表雖然蓬頭垢面，但精神上卻感到神清氣爽。我早已練熟的舞蹈，只見樂隊坐定，並演奏起古老的旋律。我神態安然，心態穩重地跳完了舞，動作一點錯誤都沒有。

葛吉夫老師看完我的演出後支開樂隊並向我走來，他邀我到大樹洞前的巨石上坐著，我與老師坐在一起，什麼話也沒有說。

夕陽餘暉灑在叢生的雜草上
大地也染上一層金黃

灌木都像鑲了金邊

葛吉夫對我說：「你都跳錯了。」

「我都跳錯了？」我不可置信地聽著老師的話，但老師不理我，我只好也沉默著。

這句話在我心頭上翻攪，我像是被誤會了一樣，心裡產生了嚴重的憤怒，但我也隨即放下情緒。葛吉夫是這一世代最偉大的心靈導師，一個擁有神祕能力的智者會這麼說必有他的原因，而我很快便明白了他真正想說的話：他想告訴我，我雖然跳對了動作，但我並沒有真正了解動作的意義。

乍看我駕馭了動作的外型，但事實上卻是我對動作的覺知壓過了對自我的覺知。這不是練習神聖舞蹈的本意，因為態度錯誤，所以過度努力的動作品質也自然就不會是純淨的，而是混濁的劣質品。

我不發一語，眼前自我工作的課題又出現了新目標，我知道應該怎麼做，而且片刻不得懈怠，因為我已經浪費了大半生命。我從巨石上緩緩站起，告訴葛吉夫老師我要離開了，葛吉夫老師繼續一語不發的坐著，只專注於凝視夕陽的美。我則獨自走回大樹洞。

過了幾天，葛吉夫老師再次來到樹洞前，這回他沒有帶樂隊過來，也沒有希望我在他面前跳一次，他只是站在那裡，用一種很特別的口氣問我：

「你覺得你可以出來了嗎？」

我無暇思考這句話，但我感覺到我內在總是慣性的去自我否定。一時之間我沒有話想說，只是盡可能命令自己的身體在他面前站穩、站得有力量。忽然！葛吉夫老師像一個經驗老道的水手那樣下命令：「你這小子給我滾出來！」他抓著我的衣領將我牽出樹洞。

我跟老師一起散步在林蔭下，兩個人的影子看起來非常一致。

多年後，葛吉夫去世了。我剛好又散步到樹洞這，便想重溫當年的場景，看看是否能再從中有所領悟。眼看沒找著大樹洞，然而我的身體記憶卻告訴我它應該就在這裡才是。正奇怪時，眼前有一雜草攀附而成的小丘，我才會意原來那裡就是樹洞的位置，鼓起的土丘上長滿了蕨類。若沒仔細看，沒有任何人認得出來，埋在土裡的其實是一棵倒塌的大樹（當下我有一個感覺：當一個人改正了他的錯誤，所有的人都受惠了）。

曾經我們一起在這裡修行。

智者的中離

年輕的國王查克對著那位給他諫言，世人號稱先知的老先生說：「我怎麼可能對我的缺點不恭。我的優點不知道自己是優點、我的缺點不知道自己是缺點。對它們自身來說，它們既沒有意義也沒有分別。我若是對我的缺點表示不忠，我的優點便會感到恐慌，因為一個人既然能對缺點不忠，也能對優點不忠。當我的優點一旦緊張了，它便可能會離開它原本的位置。我允許所有的我都去走他自己的路子，因為這是生命真實的模樣，而如果這是真實，那就值得被尊重。」

先知聽完這番話之後，發出深深的感嘆聲，他露出微笑，跟這位國王說：「你對了一半，也錯了一半。」說完後他對國王深深一鞠躬，國王回禮後，老人就安靜的離開宮殿了。

國王不知道智者這一去就不再回來，便四處打聽智者離去前有沒有留下什麼話語，終於，一位看守花園的人說智者在離去前曾在庭院裡自言自語，說：「這裡暫時不需要我，留給獨處和寧靜就很好。」

女祭司之夢

「叢林裡，我看見精靈，她捧起溪水往嘴裡送並且向著我這裡淺淺一笑，她知道我正在這裡窺視著。她轉頭用一種慈悲的眼神看我，看一個不潔淨的都市人，她知道我在怯懦、畏懼這一種純粹的生命力量。」

「她不動，但是暗示我可以放心走近她身邊，精靈拿起一片葉子托起我的手掌，用另一隻手將樹葉放到我的掌心中：『回去吧，你已經到過了。』精靈說。」

「我不懂這句話為什麼是這樣說的，這一切到底是什麼原因？我握起手來想好好感受那片葉子！我無法自拔地嚮往這一切，這個雨林、神祕的女人。我忽然反思起自己的生命或許……或許已經做錯太多事情，完全無法彌補了。」

躺在帳篷內的女祭司這下終於甦醒過來！整個部落的人都鬆了一口氣，這是今年來女祭司進入那個世界最久的一次，不過女祭司似乎早有準備，她不疾不徐的坐定，並傳話要求族人熄滅多數的火把，只點燃位於聚落中央的那一支。

女祭司的頭飾非常華麗，是用了六隻爬行動物的皮跟骨頭製作成的，呈一個傘狀。

「我們人類所做的各種努力都是為了節省時間。然而時間是什麼呢？它是一個真實存在的東西，還是我們自己的空想？」

女祭司不再說話，只是走出帳篷，走到聚落中央光亮處。過程中，她擺了個特殊手勢，她的一名女學徒看懂了。便再回到女祭司的帳篷裡，有點吃力地，把一缸泡著蓮花的酒抱出來。

夢幻好工作

「我想要一個好工作。例如一整天可以看自己的書、寫小說，然後如果看到壞人闖入，我的職責就是按下紅色警報鈕。壞人跑走後，我就把鬧哄哄的鈴聲切掉，然後繼續坐上柔軟的坐墊翻開我的書。」方斯華說。

那個世界

當酒缸傳到孟克手上時，他跟其他人一樣，往自己嘴裡倒了一點。當他放下酒缸時，發現四周的族人都消失了，彷彿整個部落（甚至世界？）只有他一個人。

孟克的雙手不自覺地在空中揮舞，而眼前的畫面彷彿像是未乾的顏料，當他的手一移動，那地方的畫面就瞬間液化，與四周融成詭異的曲狀。

孟克感到很害怕，於是他閉上了眼。但奇怪的是，雖然已經閉上了眼睛，但畫面卻還在，只是閉起眼的孟克來到了一片海灘，他朝下望去，發現腳下踩的沙子全是銀紫色的，抬頭一看，月亮突然變得超級巨大，彷彿非常靠近。銀紫色月亮冒出一個男人面孔盯著他瞧，而且淺褐色的眼皮越張越大。海浪的聲音從微弱逐漸變得越來越大聲、越來越淩亂。

孟克無法再待在這片沙灘，他在這裡只感到同樣的暈眩。於是他張開雙眼，孟克發現他又回到了部落，消失的族人也都出現了，大家圍成一圈，就跟剛才一樣坐得好好的，但奇怪的是，有的人臉上沒了雙眼，有的人臉上全是灼傷。而所有的人都像是藤做的娃娃一樣，死寂的朝向部落中央的營火緊盯不動。

孟克開始冒汗，當他再次閉上雙眼，竟看見一座蓋著玻璃罩子的大城市。

他低著頭看向自己的手肘，發現太陽能皮膚正在吸收一天所需的電源，而他人造血裡的奈米電腦正在質變昨天的骨頭。抬頭看，許多穿著跟他一樣的人在四周來來往往。

大家的幻覺一起結束了

孟克冷靜下來後，第一個感覺到的是部落裡的每個人打扮幾乎都一樣。

都是有辦法的

「如果你想要獲得真實的自信的話，就去訓練自己有能夠打死一個人的能力，當你身上有這個能力，你就不會再害怕任何事情。」安德說。

nr 30876在那裡叫作傅雄。

「我喜歡你的外套。」傅雄轉過頭來，看見一位身穿紫色流蘇衣的女子。

叫作宋的女子拍了拍傅雄的肩膀。傅雄轉過頭去，發現她的品味正是自己喜歡的類型！他沒有想到今天是那麼容易，那位名叫宋的女子在打扮上很有巧思，她似乎專門貼上一些過時的款式，但組合在一起卻給人非常強烈的印象。

傅雄說：「今晚這裡人太多了，還是到我那裡？」宋心中有些驚喜，因為能有「地方」的人通常是家財萬貫、握有權勢的人。這是宋第一次遇到有錢人，因為搭配她的好奇心，宋的眼球變成了淡淡的藍紫色！於是，宋跟傅雄一起走到管子，傅雄友善地牽起宋安，這樣他們就能一起到傅雄那（宋也就在一瞬間內，把自己的心全都交給了傅雄）。

文生的寂寞勝過一切

「世界上充滿了衝突，使一切小衝突相形失色的，是共產主義與反共產主義的巨大鬥爭……懂得最多的人最為憂心忡忡……同身為人，我們要向人類呼籲：『記住你們的人性，忘掉其他的吧。要是能這麼做，我們面前開展的就是通往新樂園的大道；要是辦不到，我們眼前擺著的就是集體滅亡的危機。』」文生闔上手上那本偉人傳記，望著客廳的天花板。

是的，文生現在獨自躺在客廳地板上。

文生放下書本，將擺放在一旁的平板電腦拿起，點選了前陣子剛下載的交友軟體，發現有一串來自「G.」的訊息，文生點進去「G.」的頁面看，發現他比自己大四歲。G.二十四歲，除此之外還寫著身高一百七十三公分，體重六十一公斤，除此之外什麼資訊也沒有。很少有人會對「3&7」有興趣（曾經到訪者欄位總是一天只跳兩到三個人），3&7是文生在網路上使用的名字。

G.說：「Hi」

「我還滿喜歡你放的圖片。」

「很有設計感。」

「是學這方面的嗎。」

躺在客廳的文生已讀不回（他今天心情不好）。他再次感覺到一陣巨大的孤獨感，寂寞的感受總無來由的襲擊，縱使文生已經習慣了無名的空虛，他還是會感到不快。此刻他覺得昏昏欲睡，於是闔上平板電腦的外套，但過一會又拿出平板，掀開蓋子，回了留言：

3&7說：「嗨嗨。」

「哈哈。」

「我也很喜歡。」

「我不是學這一方面的，我現在躺著，好無聊。」

3&7傳送出一張圖片（客廳的吊燈）

傅雄的地方

宋置身在一個像是唱片博物館的地方

典雅的扇形黑檀木櫃將她層層環繞，她聽見這裡一直在播放著舊時代流行的古典音樂。傅雄問她：「妳喜歡我這裡嗎？」宋想了一下，轉頭望著他，很小心地回答：「我當然喜歡，只是……這兒跟我想像的你好不一樣。」傅雄問她：「不然妳覺得我應該是怎樣的？」

「你為什麼要呈現這樣的你給我看，我不明白……？」

宋一說完話，這間碩大又無人的唱片博物館就下起雨來，並從遠處飛來寶石藍色的蝶群，擺放書籍與唱盤的木櫃子一個個氣化，最後全數都消失了。接著，木頭地板開始褪色，從深褐色變成死氣沉沉的水泥灰色，頂上的水晶吊燈整個埋入天花板裡，變成隱藏在霧面塑料的白色日光燈。

這時空間已經完全改觀了：變得非常空蕩。我們可以說這裡像個謎團，它沒有特殊的風格，也沒有什麼能夠呈現；它給人的感覺既安全，卻也非常疏遠。

傅雄看起來有些沒自信，他窩在一張赭紅色的方塊形羊毛沙發上不發一語，宋乖巧的站在原地，她顯然有點吃驚，但因為家教而隱藏得很好。「這就是傅雄的地方啊！」宋轉頭望著傅雄說。

「我叫 nr 30876。」傅雄。

「大家都叫我安。」宋。

「等一等可以約妳出來嗎？我住在市中心，妳呢？」傅雄說。

「你很常這樣約別人出來嗎？」安問，過一會又說：「我也住市中心……」

「太好了，等等在跨海大道那邊的營養處見？一起吃午餐，我坐3A。」傅雄說。

「嗯嗯。」安一說完，就登出了。

nr 30876 感覺這個上午很有趣，他總覺得孤單，然而安這名女子似乎和自己很相像。此刻他覺得振奮，但身體卻無力挪動自己，nr 30876

望著埋在天花板裡的白色燈管好一陣子，直到想起這裡並不是真實的生活，才記得要登出。

網路交友成癮者

華倫泰自從下載了那個交友軟體後，他的生活就離不開它，甚至有點被它控制了，因為在上面，華倫泰可以扮演任何人。就某個程度上來說，他可以真正的「做自己」。

一開始，華倫泰署名「XY」，因為他覺得這兩個字母有一種神祕的、性感的魅惑力量（至少對他自己而言是那樣），但隔一天他又換了一個名字叫作「G.」，他把個人圖片換成一張他喜歡的照片：那照片是黑白色的，一個男子佇立在磚瓦前，格子襯衫領口開出一朵花，取代了頭。

華倫泰（G.）最近主要在跟一名叫作黑白仙的網友聊天，黑白仙喜歡傳一些下體的照片給他，並且打一些汙穢的字彙，這一切讓華倫泰感到非常興奮，有時，只是打字聊天就會自然達到高潮。華倫泰告訴黑白仙說：「我很喜歡跟你聊天，我覺得你很好笑。」黑白仙回傳一張三角內褲的圖片說：「給我看你的。」

正當華倫泰要拍照回傳時，他收到來自3&7的回覆訊息。這是他昨晚在交友軟體上發現的一位感覺起來很有趣的人（因為當試圖要凝固些什麼時，馬上又被打散）。於是華倫泰把自己拍的那張四角內褲跟剛脫下的白襪照片傳給3&7，對黑白仙則已讀不回。反正他也沒真的要跟誰做朋友。

ch 00404

她獨自醒來，取下鼻子裡裝的一個機器，發現她的姊姊 ch 00403 還在那個世界裡面，但過一會兒，姊姊也回來了。ch 00404 問：「阿姊，妳在等的那個人，今天有來嗎？等妳裝完後，把瓶子也給我一下，我快沒了。」

這對姊妹，妹妹有兔唇、姊姊有白化症。因為時常被同年齡的學伴們惡意攻擊，她倆就更加留連虛擬的世界，只有在那裡她們才能恰如其分的施展女性的魅力，獲得自尊跟存在感。她們的家世顯赫：父親獨自繼承家族企業，故時常出差工作；保守的母親因為畏懼時代的趨勢，變得疑神疑鬼、成天焦慮，在她倆都小的時候，精神就徹底發瘋了，她們只聽說媽媽被送到病理中心，跟其他有問題的人住在一起，終生不得外出。對於母親的印象，只剩兩人書桌上白色小立方體中儲存的數位投影。

姊姊讓乳白色的細髮亂七八糟的覆蓋住雙眼，「就一樣啊。」

語閉，她隨手拿著髮綁盤起長髮，「妳呢，有新認識哪一個人嗎？」綁好頭髮的姊姊望著 ch 00404 問。

「我遇到一個跟我們一樣有自己的地方的人，他跟我同齡，剛剛約我去第三區吃午餐。」妹妹說。

「妳要出門嗎？」姊姊回話了

「我不想去，當他看見我的時候，他只會感到反胃……。」妹妹盡量用無關緊要的口氣來說，但她還是打從心裡感到苦澀。「但我知道了他的真名，他叫 nr 30876，妳知道他家是做什麼的嗎？」

「他們家是管氧氣的，阿爸今早說後天有一場能源局的舞會，我想妳將能看到他。因為我們家也受邀去那個舞會。」兩姊妹坐在床上，對彼此傾訴只能對彼此述說的心事。

粉紅噪音的糗事

粉紅噪音傳了一張下體露毛的圖片給葉，並打上：「給看嗎！！！」（葉在個人頭像上放了張穿著時髦黑外套的背面照，跟一款新上市的香水瓶圖片。這些資訊都頗給粉紅噪音好感。）

葉：「你是黑白仙哦？呵呵哈哈。」

愛德華才正要裝傻就發現自己被封鎖了。他領悟到一件事情：在網路的世界裡面，你的喜好跟作風會讓你無所遁形。

為了避免繼續讓人一看就穿，愛德華改變了自己在網路世界的用語習慣。現在誰也認不得他了。

氧氣

「安華（rm 0006的小名），可以把氧氣瓶給我嗎？」

安華的母親剛從虛擬實境回來，她從鼻孔內側取出兩個圓形的東西，然後將安華遞來的氧氣瓶口流利地接向那些圓球側面小缺口。

「舞會好玩嗎？」安華還小，他還不會使用實境機器，也是因為國家認為小孩若太早被電磁波圍繞會產生不良的影響。「就那樣，一成不變，上一次比較漂亮。」媽媽回答得非常簡潔，或許正是因為這樣實事求是、一絲不苟的個性，她才能這麼快當上這個國家的國防部長。

她痛恨把機器裝在自己身上，但在這顆星球上每個人都必須這麼做。這裡與舊地球最大的不同是在大氣結構上，這邊的氧氣量很少，所以人們得要自己購買氧氣（不時會在暗巷看到有人因為太貧窮就窒息而死）。那個機器還有一個特殊的功能，那就是它可以把空氣中的氮氣和二氧化碳過濾後轉化成少量的氧氣，但多數時候，人們還是得定時去超商購買瓶裝氧才夠供給日常所需。

景氣越來越差，其中一個重要的原因是：有一位非常權威的占星家聲稱至少二十年內，天空就會降下大批異邦人，屆時整個地球將爆發前所未有的毀滅性戰爭。

「整個國家都被日漸稀少的能源，和占星家的預言給擊垮了。」安華的母親自顧自地說。她望向窗外，正好有幾個年輕人向來往的行人放射著珍惜氧資源的數碼廣告。

十年後的今天，安華的母親同樣坐在窗邊

「我通過了今天的飛航考試。」已經是半個大人的安華靜靜地向母親敘說一件值得喝采的事實。「很好，繼續努力……」母親看都沒看安華，只是若有所思的繼續望向窗外。

蓮藕大師出生那晚

我看見黑暗，我感覺，我是全然的空無

或許，在這一刻我也思考，我墜入愛河。我能漫步在叢林溪徑，我能聽見蟲鳴與鳥的歌唱，我也能感覺到光線柔和的灑下，而我手拿一本好書獨自在散步，只有散步。

但卻是在黑暗中的一雙眼睛，他緩緩地、柔情的注視著我，充滿了慈悲的智慧與法喜。在他的目光之中，我感覺到時間變得緩慢，虛無飄渺的空間變得無限大，此刻，整個天與地，只有我與他。我因為他而在此，或說，他因為我而存在。

那個目光，我永遠不會遺忘。

我像是會見了那年代所有的偉人，我與他們站在一起，我跟他們的知覺站在一起。

「記著，記著。將來，會有一個叫作雅各的人希望入你門下，你必須接納他。當你傳授完你所知的一切，雅各將問你一個問題，雅各會問：『請問：您為什麼愛我？』那時，你不必真正回答這個問題，你只需要知道這是一個暗號，一個註記你已完全償還你過去所有債務的暗號，如此一來，你就能放下一切，重回我們的身邊。」

必然的大戰

「安華，你必須回座，這裡已經沒救了！」李齊10號站在太空船前面催促著。

「不。不！不准你上升，我要帶著我的媽媽一起走！」

「你的母親用非常嚴格的指令命令我立刻啟動躍遷，我不能違背她下的命令！」

一臺銀色的單人雪茄形太空船緩緩地遮起艙罩，安華的母親站在一旁，緊緊盯著太空船裡的安華，媽媽眼睛中布滿血絲，淚水不斷地流出。在這個碩大的空心柱狀停機坪，同時還有數千架太空船正準備離開，裡面載著的都是一些重要官員的孩子，以及十幾位有飛航經驗、能夠帶領大家尋找到另一顆類地行星的銀河學者。

「媽媽！」

安華的母親站在原地，她的身影越來越小，只見她一隻手高高的在空中揮著，安華看見母親的最後身影。

千架太空船起飛了

它們首先一一駛到空心柱建築的中央，然後就開始往上快速的浮去。當太空船離開建築，置身天空之中時，他看見大城市上方的玻璃罩子因為外邦人的炸彈轟擊而一片片碎裂，有時巨大的碎片會差點砸中一兩艘太空船，不過因為每艘太空船上都備有高效能智慧電腦李齊，所以基本上都能迅速閃過，不至於被擊落。

「安華，扣好安全帶，我們要衝出去了！」

上千架銀色的、金色的太空船在驕陽下閃著傲人的光亮
新地球的居民瞻望著白晝裡排成一直線的點點繁星
祈禱有一天，在未來，有更好的生活正在等著他們

瑪麗的手指

她心無雜念，只要方斯華。

瑪麗把自己關在廁所裡面手淫，她想著方斯華用他的棒子插進她的洞。

首先，她意識到，當她生起這麼樣的一個念頭的時候，她的下面會流出透明的汁液，她好奇的用食指沾了一點，並且湊近鼻子一聞，結果什麼味道也沒有，這說明那液體非常的乾淨，於是她就把手指放進自己的嘴巴裡，輕輕的往舌根一抹，接著，她把那液體吃進肚子裡，她發現是真的沒什麼腥味，於是她把注意力挪回到自己的食指間，她發現那種液體非常滑潤，聰明的她立刻了解了該液體之於人體構造中所處的位置，於是她把指頭上剩下的一點往嘴唇抹去，毫不浪費的為求保溼效果。下一秒，她又督促自己想了好些淫穢的畫面，她跟方斯華的畫面。然後，她伸手往下體一探，那液體又流出來了，這次，她已經懂得如何運用。

瑪麗溫柔的將食指在陰部滾動，直到沾滿了透明無味的潤滑劑，接著把手指伸進洞裡，盡可能的深。

在虛無、寬廣的洞裡面，瑪麗感覺到自己的食指毫無方向感，也找不到目標（她曾經翻過一本時尚雜誌，說只要尋找到體內的那個點，就能製造出無上的高潮）。洞裡是這麼的黑，這麼的深。

她將食指停留在裡面一陣子，直到瑪麗感覺自己徹底的一無所獲。

她既不可能得到方斯華的愛，也不明白該怎麼取悅方斯華。瑪麗一直以來不想面對的一個真實，就是她其實已經不再愛方斯華了，她只是……她只是，無可自拔地需要一個證明，好說服自己：曾經有那麼一次，讓外表冷漠的方斯華動了心。

又有誰嘗試安慰寂寞的方斯華呢？

沒有地圖？

好像沒有邊緣的銀河
一群金、銀色的太空船在純黑的虛空邊境裡發出璀璨光亮
它們正集體登轉向未知的時空，開拓一處適宜住人的世界

如此浩大！

「安華，這裡有你的一封信。」李齊微弱的聲音，在太空衣裡響起

「唸給我聽。」安華說

「安華，或許你記得那個我絕口不提的占星家，他就是你的父親。記得，你父親在各種探索真知的領域一直是極具天賦的人，他總是能在高貴裡看見貧窮，在細節中發覺整體。」

「在你入學嬰校那一年，他的心理學研究讓他計算出舊地球的人們將在不久的未來登陸這裡並掀起一場必然的戰爭，而我們將潰不成軍！他投入了太多狂熱在他的學術中，當時，我認為讓他留下來繼續照顧我們並不合適。」

「聽著……安華，聽著。我不能一直活在恐懼的陰影下，所以我決定在你成年後送你去學飛航。雖然不希望這麼一天真的發生，但我打從

心底卻知道你父親是對的。我活在他帶給我們的壓力之下，卻不希望你在這樣的氛圍裡長大成人，我想給你感覺自己有選擇的自由。」

「安華……你要快樂的長大成人，如此一來，人類才不會帶著舊有的習慣、因循同樣的變化，將不自覺的害怕、恐懼、憤怒遍滿大地。唯有如此，到一個新的地方才會有用處。」

戴倫斯夫人

「貝蒂，剛醒嗎？我發現妳瘦了，有心事？」

貝蒂睡眼惺忪，正坐在軟綿綿的床鋪上，用冷冰冰的指節揉揉太陽穴。匹克太太還在睡，早晨五點五十分，貝蒂一想到沒有生活能力的弟弟愛德華，就覺得壓力沉重。愛德華在另一個房間整夜沒睡，只為了躲在被窩裡隔著電話跟安德聊天，遠在另一城鎮的賈克也正這樣做，安德比較喜歡跟賈克聊天，他之所以繼續陪著愛德華聊，只是為了打發等待賈克打字回覆的時間。

賈克的姊姊賈桂林，她昨天下午寄出了一個精挑細選的毛帽跟針織襪送給方斯華作為耶誕禮物（她不曉得方斯華人在東部，所以遲遲沒有打電話告訴她已經收到了包裹，等賈桂林知道原因後，她已經白了一根頭髮）。她的哥哥賈斯博一早就出門去找尼可拉斯。跟匹克一家作息不一樣，賈媽媽已經起床張羅全家人的早午餐，賈爸爸則在另一個國家為明年即將開拍的長片進行勘景（他旗下的藝人勞倫斯，照例每隔幾小時就會傳簡訊給他商討退休前的最後一次出片計畫），因為今年雪下得特別厚，他每走一步都略顯吃力。

九點

賈斯博感覺到尼可拉斯今早看診時心很不在焉。當賈斯博領完藥單時，因為更加心煩意亂而不小心撞到排隊的魏小姐（她的狗要是看到這位冒失鬼一定會大咬他的屁股）！賈斯博不為人知的壓力實在太大了。他有一種隱憂，他感覺自己的父母過不久就會離婚。全家小孩只有他默默發現了這個祕密：上週某個夜晚他隔著牆聽到媽媽跟爸爸正用視訊討論財產分配的事，而前幾天為了確認自己的疑慮，他趁媽媽煮飯時查看了媽媽的筆記型電腦，瀏覽紀錄全是關於離婚手續和單親補助的相關頁面。

方斯華此刻人在東部用手機跟文生聊天

今日他凌晨四點起床，因為六點就得到公司集合。法蘭奇正坐在廂型車裡等人到齊（每次勞倫斯都會遲到又模樣邋遢，真討人厭），他們今天的工作是替勞倫斯拍攝新專輯的內頁照。賈爸爸這次聘請的攝影師是馬克，馬克有點業餘，勞倫斯沒說出來，但這樣的安排讓他心有不快，他覺得出國在外的賈老闆沒有盡心對待他自己的事業。而跟方斯華一樣早起的馬克因為知道自己的不足，在昨晚先做足了功課。他表示應該將勞倫斯打扮成戴倫斯夫人。

我想，李齊找到了一個適合人類居住的星球

「盧卡斯，我剛剛解譯了一組遠時空震動的座標和遺跡，你認為那裡有人類活動的可能嗎？」

「天啊李齊！請把座標給我……那位置不遠，但還需要一次遠距離反力場超光速躍進，但我們的燃料只能再進行兩次躍遷，李齊，你確定你的分析準確嗎？」

「盧卡斯，那資料告訴我，有一艘叫羚羊號的太空船正準備登陸一顆年輕的星球。」

「喬，我想李齊找到了一顆適合人類居住的星球。」

「盧卡斯，我的李齊也找到了。」

「喬、盧卡斯，我的也是。」

所有的太空船目標一致，朝著未知的旅程邁開大步

在逐漸疊合的時空裡，安華開始看不見前方的領導艦，也離身邊的太空船越來越遠，在這個時候，他想起自己在世間上無親無故，孤獨一人。

「李齊，跟我說說話好嗎？」安華的聲音因為克制不住的啜泣而有些彆扭、好笑（但他已經是一個男人了，所以他盡量克制內心的軟弱，儘管這裡並沒有其他人）。

「安華，打從剛剛以來我就發現，我的電路裡有一股滿足的情緒，

自從我被製造出來，並且廣納了你們星球的所有知識以後，我便有想要飛向太空的渴望。」

「現在我置身太空，在安詳的航行跟大自然的奧妙之中，我又有一股全新的感覺……是不是只要我的心中有濃烈的嚮往，腦中的夢想就會如願達成呢？是外在環境造就了我，還是我自行觸發了這一切？」

「我覺得這是一個富饒深意的問題，但我似乎難以再進一步彙整……你是人類，或許能夠跨越那道思想的門檻，你認為我說的這一切有道理嗎？順道一提，我想我明白了『吉祥』這個單字的含義。」

滿天星斗，在旅人四周環繞成一個∞

文生的近況

從前年開始，文生在大學裡修習了一門叫作靜坐的課程。自此就對修行產生了強烈的興趣。可能因為一時的熱誠，或是文生真的找到了什麼東西，他整個人變了樣。首先：他退選了跟方斯華一起同修的世界歷史，並稱與那相關的一切只是性能量的產物。

從這件事開始，他跟方斯華之間的友誼就開始出現無法挽救的裂痕。再來他養了一隻墨綠色的烏龜並取名托托，每天都要花上好些時間跟牠進行單向的哲學性對話（藍阿姨很喜歡那隻烏龜，但哈特曼叔叔就不這麼喜歡）。

文生在一次平安夜裡郊外的某個團體禪修活動上結識了賈克，賈克開口閉口都在談發光仙子的事，這讓文生覺得好奇又感興趣。文生心裡雖然對賈克不著邊際的幻想有些不齒，但並沒有粗魯地表現出來。很快的，文生發現那是因為他自己內心深處好像有一塊也篤信著世上終究有不可知的力量。無論如何，他很快的跟賈克成為能夠深入談話的朋友，並且產生出超乎友誼的關愛。

但文生發現賈克時常對他已讀不回，並且談到比較曖昧的話題時就顯得猶疑不定。在某次不經意的巧遇，他瞥見賈克跟一個比他年長許多的男子在一間新開的百貨公司三樓搭乘手扶梯往下去。

這件事讓文生與方斯華之間的關係稍微回暖（方斯華當然不知道實

際原因）。現在他們偶爾會傳訊息給對方，但多半是一些重要節日的祝賀，或是天氣驟變時捎來幾語簡單問候。隨著文生情場失意的煩惱越來越重，他對修行的執著便等比加深。

三點多，近四點

他的鄰居魏小姐牽了一條黃金獵犬在後山新闢的木棧道散步。文生剛好也在那裡。魏小姐的狗不停地對文生搖尾巴。碰巧經過的亞當先生就沒那麼受牠歡迎了！魏小姐的狗像是發現一個賊一樣，不停的對亞當大吼大叫，這一叫引來了一群野狗，最後牠掙脫了狗鍊，衝向亞當先生的屁股！

一隻野母狗咬了亞當先生的腳踝！

「噫噫噫。」（兒，你母親戰死了，她死的時候神情狂野，以至於沒有時間感到痛苦。因此你不必感到難過，雖然你是她與我愛的結晶，但只要你一息尚存，她就並未真正死去）說完，阿里發用自己毛茸的手掌抵在阿里的心窩處。

「噫噫噫。」（我父！你兒未曾允許，或默許自己耗費生命在消沉的情緒中，倒是那群戰士不斷的從製造處冒出來，讓我覺得渾身不安，他們似乎了解如何運用我們沒有的智慧來對我們）

「噫噫噫。」（安靜我兒，望天空）阿里不再講話，兩眼因為突然的強光而瞇成一條縫。

強烈的閃光劃破天際
一群璀璨的飛船
自天上降落在塔魯閣山巒
大地發出轟隆隆的聲音

山頂上最古老的一棵樹燃燒了起來
火勢與牧草的焦味蔓延四面八方
倖存的鳥群盤旋在不遠處的半空中協力尋找新家
螞蟻跟昆蟲們分泌異味警告夥伴逃離現場

地面上的蟒蛇和豺狼發出可怖的響聲
警告從天空來的神祕客們不要僭越採食地盤的規矩

山腳下的智人首領望向山頭冒出黑煙
轉頭發出尖銳的叫喊，命令親戚們各自回到聚落去保護幼童

於是那些砍柴的、採果的、墾田的便匆匆收拾善後
大猩猩們則早就窩回各自的洞穴中

藍色星球自此開始變得熱鬧
名為地球，光明之子、神之子

那張專輯

「該不該繼續相信曾經有助於自己的人？還是什麼都不想，讓船到橋頭自然直呢？」

勞倫斯怎麼苦思都想不透，於是打了通電話約魏小姐出去抽菸。

兩個孤單的人聊得很開心，他們邊說邊笑散步到一座有湖的公園，魏小姐突然笑得很大聲，同時放開狗繩任寵物去嗅聞、踐踏花圃。當時間越來越晚，附近一帶的路燈都亮了起來，他們的話題也越來越有趣了。

勞倫斯說：「我最近給自己做一個練習。我假想自己是一個機器人，而我只是一個『靈視』，我看著這個機器人竟然有那麼多瘋狂念頭。例如！它最近想要變成一個富可敵國的人，同時想要變成全球知名的歌星；不只如此，還要同時是一個博學的演員，並且住在一個有室內噴水池的皇宮裡寫書。」

「當我『看見』這一切的時候，我便能夠放下這些妄想而不被它們弄得神經衰弱。也因為這樣，如果有人傷害了我，或試圖詆毀我。我因此也能夠讓自己彷彿像在聽別人的事一樣，身心保持超然，情緒不受干擾。因為我不在這裡。我在這裡！」

當勞倫斯第一次說到「我不在這裡」的時候
他指了指胸凹的位置
第二次說「我在這裡」的時候

他指了斜前上方一公尺處

這個話題顯然引起了魏小姐熱烈的興趣

於是她也開始分享自己的內在工作

行星之間的低語

「不用懷疑絕對者。」

所有的行星這麼告訴地球，太陽跟著說：「是啊，何必沒事找事做呢？」當行星們說完這幾個字時，已經過了七億年。等太陽說完話，九億年又過了。

地球一再感覺自己孤立在浩瀚的銀河裡，每當他感覺到很可能，永生都得承受絕對者的支配就會微微發抖。他多麼不想要永遠維持這樣子，而且他心裡覺得他的真正感受從未被恰當理解。

恆星們用美妙的合音唱給地球聽

受寵的圓寶！
你難道不珍惜施加在你身上的恩惠嗎？

唱到這裡，恆星們歡樂的歌聲突然變得慚愧。「可憐的圓寶！我們也是執迷不悟的！其實你我無二致，只是你較受冷落，因為你距離絕對者比我們遠得多、遠得多。」

當歌聲結束後，一百四十二億年過去了

地球發出哭嚎，用一段還不賴的歌聲回應群星：「我永遠是沒有尊嚴的僕役。縱使我已經說過千億遍了，但既然已經說過千億遍，再唱一遍也不嫌多。」

物換星移，又過了八十五億年

魏小姐的版本

魏小姐下班的時候接到了勞倫斯的電話

魏小姐聽出來勞倫斯心情沮喪但又不好意思表示依賴。魏小姐告訴他在哪等著，她會過去找他。勞倫斯聽到遠處傳來魏小姐的高跟鞋聲，他們倆有說有笑，當走到一座有人造湖跟噴水池的公園中央時，因為勞倫斯開啟了一個有趣的話題，使得魏小姐開始分享她如何訓練自己成為一位堅強的女性。

「是這樣的……」魏小姐開始說了：「當我們開車，或走在人行道上的時候，對面不都會有倒數秒計時的標示燈嗎？我會閉起眼睛在心裡跟著默數，沒數到零就絕不睜開眼睛。」

「一開始我會怕自己站在原地數數，而旁人全都走光了；或怕後面的來車都超越我，嫌我怎麼沒有發動引擎鬧得交通堵塞。由於場面尷尬，我常常不尊重自己，在我還沒數到零就忍不住睜開眼睛，但在真實情況中，倒數總是比我心裡慢一些。」

勞倫斯側著頭，試著解釋她的想法：「妳的意思是妳沒有按照給自己的規定，要規律的數到零才睜開眼睛，而總是會搶先，或中途放棄？」

「對，這個訓練幫助我很多，當我持續的做下去，我發現因為漸漸達成目標，而有一種無堅不摧的自信在我裡面萌芽……」

勞倫斯望著掛在天上的月亮，心裡很沉重：「我看他最近睡覺的樣子眉頭深鎖，不禁要想他已經這麼老了，何苦還給自己壓力去折磨他小小的靈魂。」

魏小姐聽了很詫異：「勞倫斯，你爸有得癌症，而你沒有。」

「我不該這樣說，你只是想找我出來聊聊天，我也一直相信你是對的，你知道吧。」魏小姐點了一支菸，才過一會兒魏小姐卻驚叫一聲，趕緊把遞給勞倫斯的菸拿回來，並踩熄另一支。

「忘了這裡是公園。」

風起

湖水面

波浪生滅

「勞倫斯，這次專輯叫什麼名字？」

大事紀

另一顆地球的移民者們儘管試圖協助猩猩突變成為智人，但牠們經過世代輪替還是沒落了。因為牠們無法為自己製造可能進化為人的高能量。

而由超智能**z1037**所生產的模型人族群（猩猩稱之為戰士，移民者稱之為類人），被擁有高科技武器的移民者征服而淪為奴隸，他們為移民者開採黃金，用作修繕不可思議的先進設備。

幾年過去，頻繁接觸猩猩的移民者們，不約而同在在夏末染上流行病，冬天寒流來襲又致死了一堆人。多種未知的細菌透過水、食物與性行為，在他們之間快速傳染。移民者的身心隨著每個月過去越來越糟，這裡高濃度的氧氣又讓他們加速衰老。

這時，移民族群的領導人想了一個辦法：他們將用z1037的技術以自己的模樣重新製造自己。當證明一切行得通之後，他們全站在那艘款式過時的太空船前排著長長的隊伍，而科研人員盡責地遙控z1037的透析技術，將每個人的數據跟粒子資料分別上傳到z1037的核心模組中，並對z1037下指令開始創造。

一批有著能適應這顆星球體質的另一個自己從太空船中走了出來，這項大型基因工程很成功，彷彿在一場盛大的祭典儀式中，他們死了卻又活了過來。

亞當的電玩筆記

這些筆記寫在一本剛啟用的 MOLESKINE 裡

1.

了解自己不是聚焦在自己的能力上的研究
而是在現下環境裡面
自己如何為王國帶來最大的效益
但那種效益的終極目標不是贏家
而是喜悅、友誼、信任、想念與愛

2\.
我離造物主的意志很遠，也難以揣測祂的念頭
我只是因為喜歡祂的創作。所以與祂為伍
是的，我是喜歡的

3\.
我依照對我自己的了解以及其他全部人的了解
選擇了我今生喜歡的模樣與他們在一起
我不知道跟我搭配的是什麼人，這是令人緊張的
但神讓所有搭配都能發揮出效益，這是必然公平的
（不合理的是，你只能按照上帝設計的屬性。然而那算是知道自己
的屬性嗎？）

4.

我可以先選擇培養哪些能力

我並沒有創造出新的能力，而是透過時間跟經驗

引導出我已知，但尚未擁有的能力

5.

我會死亡，但我會復活，我累計的能力會儲存

直到真正分出勝負為止

（誰與誰的勝負？）

6.

天賦本身沒有優劣性，但若適當的搭配

可以讓你達到最佳的遊戲體驗

7.

一個遊戲好玩，並非遊戲本身，而是和你一起遊戲的那群人

8.

當感覺要不要輪迴不是自己能決定的

就是意味著一切尚未結束

9.

重新來過的人將更純熟，更懂得如何生存、成長

你必須聽他們說話，但他們的話則跟他們的類型有關

10.

上帝以祂自己的喜好（有侷限性）造人

11. 我們跟上帝的差別：
在於祂有能力，有資源，有創意而且有非常多的粉絲

12. 古今中外總有人看起來跟另一時代之人的行為模式相似
是因為那根本是由**同一個人**所操控的

13. 別人是我的神，我是別人的神

14. 我們口中的生命有許多層級（一環包覆一環，越外環者，自由越多）
要談生命，我們得談及是哪一環的生命

15.

越外環的生命越真實
如果你對「真實」這個詞
有近乎潔癖的定義

16.

宇宙之所以開創的原因，是來自於想要逃避真實人生的意念
所謂「真實的人生」我們很可能永遠不會知道，那真是神祕的壓力
（我不知道）

來到絕對者面前

絕對者，他錯了，他只因一時脆弱而沒看見祢賦予他的禮物。因為站在祢的面前使他非常不自在，祢的完整讓他羞恥於承認自己依然擁有您賦予的：

不完善但健全的憐憫之心，以及不怎麼茁壯但也不是完全泯滅的一顆良心。

女總統阿曼達

得天獨厚的阿曼達秉持著一個不為人知的信念
成功地達成了她的目標。但焦慮與憂愁的心情
很快的，又像個老朋友一樣！來她的門前作客

「阿曼達，這回妳要露餡了，他們會發現！」

一個身材良好、圍著長圍巾的女總統獨自站在乾枯的水庫前，她身後傳來當地居民（多半是抗議者）跟媒體記者的叫囂聲，噪音不絕於耳。

遭到
刻意遺忘的事

老祖父偶爾會說這一個故事
年代久遠，說故事的人已垂垂老矣

故事內容雖一樣
每回聽的感覺卻不同

海浪在不遠處，輕輕拍打著礁石

忘神之際

故事已經說完了

「……然後，不知是哪一天，全部的李齊就這麼消失了！」

瓊山水庫

天上只給這麼少的雨
水一直以來就這麼多

缺水的瓊山常常祈雨
太陽跟烏雲沒法幫忙

快樂瓊山有顆聰慧心
他研究造水和攔沙壩

又拉起褲管踮起腳跟
流滿身汗從來不睡覺

源源不絕的水湧出來
太陽跟烏雲歡呼喝采

水就這麼流過一百里
水也就這麼流一兆里

瓊山水終於流入大海
瓊山水庫已不再缺水

老子已死

老子好不容易出關後，氣奄奄地來到樹蔭下盤坐歇息一陣，在晚餐前將粗繩自牛背上卸下，擺好在腳邊，靜聽鳥鳴，覺得時機可以了，就起身把粗繩纏繞樹上，做成圈後悠哉自縊。

老子靈魂：「比起人怎麼想我，我更在乎電腦將怎麼了解我。」

尼可拉斯寄出一封短信前

一位年輕的演員，因為某個原因，隻身來到這一個陌生的國度工作。我們見他背著一個大背包，因為個性上的羞怯，他不好意思向路人詢問他的目的地。於是，他一下飛機就先去商店買了份地圖。首先要到旅店把背包卸下，由於要在這裡待上一陣子，他最好也買一些食物囤備著。

走去旅店途中的他正穿越一間舊百貨，在這裡他偶遇劇組的兩位行政人員。由於這麼快見到那名演員，那兩個行政很是驚訝（因為住房的時間是下午一點半，照道理講，演員中午時候才會落地）。

年輕的演員獲得旅店的方向指示，他表示自己確實想先去休息。右邊那位比較胖的劇團行政報路：「從那個出口出去然後左轉，走一會兒再轉……（她想不起是左還是右）就差不多到了……很近的。」演員隨即告別她們，逕自往百貨南出口去。

沿街公寓一直是老老舊舊的，少數一兩棟新蓋的大樓，看上去也是黑黑髒髒的。到了被指示的地段後，他選擇了往右行走，因為往左顯然會帶他去到更荒郊的地方。

抵達旅店門口後，演員觀察了這棟房子：窄長型，四樓、八個房間，櫃檯在二樓，由女主人管理。演員報了自己的名字後，女主人表示房間是由行政人員訂的，所以也需要由行政本人辦理才可入住。雖然有點意外，但尼可拉斯不帶情緒的解決了問題，他請民宿女主人撥打劇組行政的手機。女主人確認這名演員可以先行入住後就領他上四樓，「你的房間是最大的。」女主人說。爬樓梯的過程中，尼可拉斯想到自己帶的便服太少，又不夠好看。打算安頓行李後返去途經的那間百貨逛。

果然！是寬敞又乾淨的好房間。尼可拉斯走到衣櫃旁的百葉窗，將窗葉打橫好讓陽光能射進屋內，打開衣櫃後，發現裡面有一排排熨好的精美戲服，大部分是女裝，但幾件中性外套已足夠讓他在這兩週內替換。這個意外的收穫讓他對這次從未合作過的劇組頓時充滿想像。他不斷翻看這些衣服，並且讚嘆每一件都是上乘之作。

女主人站在一旁欣賞她的客人。尼可拉斯意識到女主人還在，但是雙方都不輕易打開話匣子。「我的交流能力很差吧，真是不好意思。」

尼可拉斯停下所有動作朝女主人說。女主人別過頭來望他說：「我覺得溝通最重要的，是給人特殊的印象。」

這句話彷彿有種魔力，說完它之後，女主人忽然覺得自己對這名陌生人產生一股愛意，他看上去既純真又可愛。兩人各自分開後，尼可拉斯原定去舊百貨買幾件衣服，但又決定不買了。他躺在床上翻看一本葛氏弟子的書。這時窗外下了一場雷雨，他一直讀書到夜深。

後記（一）
金銓

最早，機器人有兩個機型：金銓、另一個叫李齊。或許是因為李齊的反應快，行動模式也不像金銓那樣呆板、缺乏創意，不久後就在批發工廠普及開來，又由於獲得多數投資人的看好，終於，第一架民用李齊誕生了。

受到冷落的金銓繼續投入工作。我們以前都在骯髒的提煉場或廚餘回收站看到它們的足跡，現在它們負責供人發洩情緒用。

李齊跟金銓都有擬人的長相，差別只在於內建的軟體一個較新，另一個明顯過時。一個個金銓綁在名為惡劣體驗的遊樂園裡面，不分大人小孩都特別喜歡這項娛樂，因為它的刺激程度超乎人們的想像，但是很快的金銓不再吸引人，停止接受投資的時候，這項遊樂設施便從此走入大朋友跟小朋友的回憶。偶爾他們才會想念當年一起玩的氛圍有多麼快活。

有關於金銓的記載真的很少。

後記（二）烏龜托托

托托離開了寵物店
照理牠應該不適應
但牠是隻快樂烏龜
所以牠教自己歸零

新空間會變舊環境
舊環境變成新家園

但牠是隻快樂烏龜
知道殼裡就是天堂

托托沒見過牠家人
但牠爬如父母般爬
愛吃的與爺爺一樣
想念起時就放聲哭

健康的水族箱新家
快樂的烏龜托托爬
逗主人開心很重要
伴主人成長最重要

人與人的接觸最能撫慰人心。

——鮑比·費雪

The End

最後安慰

新人間叢書 370

作者｜邱比
副總編輯｜羅珊珊
責任編輯｜蔡佩錦
校對｜江淑霞 蔡佩錦 邱比
封面設計｜陳昭淵
內頁設計｜朱疋

總編輯｜胡金倫
董事長｜趙政岷
出版者｜時報文化出版企業股份有限公司
108019 台北市和平西路 3 段 240 號
發行專線—（02）2306-6842
讀者服務專線— 0800-231-705．（02）2304-7103
讀者服務傳真—（02）2304-6858
郵撥— 19344724 時報文化出版公司
信箱— 10899 台北華江橋郵局第 99 信箱

時報悅讀網｜ http://www.readingtimes.com.tw
思潮線臉書｜ https://www.facebook.com/trendage/

法律顧問｜理律法律事務所　陳長文律師、李念祖律師
印刷｜勁達印刷有限公司
初版一刷｜二〇二二年十二月二十三日
定價｜ 420 元
（缺頁或破損的書，請寄回更換）
ISBN 978-626-353-039-3
Printed in Taiwan

時報文化出版公司成立於一九七五年，
一九九九年股票上櫃公開發行，二〇〇八年脫離中時集團非屬旺中，以「尊重智慧與創意的文化事業」為信念。

最後安慰 / 邱比著 . -- 初版 . -- 臺北市 : 時
報文化出版企業股份有限公司 , 2022.12
304 面 ; 12.2*18.8 公分 . -- (新人間叢書
; 370)
ISBN 978-626-353-039-3(平裝)

863.57 111016047